KB065908

구의 증명

n.°
07

문학에서 발견하는
무한한 좌표들,
은행나무 시리즈 n.°

구의 증명

최진영 소설

은행나무

차례

○

천 년 후에도 사람이 존재할까?

누군가 이 글을 읽는다면, 그때가 천 년 후라면 좋겠다.

○

나는 아주 오래 살아남아야 한다.

인간이란 생명체가 우주에서 완전히 사라지는 그날
까지.

인류 최후의 1인이 되고 싶다는 말이다.

이것이 내 유일한 소원이다.

○

　궁금하다. 천 년 후 사람들은 과연 어떤 일에 충격을 받을지, 혐오를 느낄지, 공포를 느끼고 불안해할지, 모멸감에 빠질지. 어떤 일을 비난하고 조롱할지. 어떤 자를 미친 자라고 부를지. 어떤 이야기에 공감하고 무엇을 갈망할지. 천 년 후의 아름다움과 추함. 선과 악. 그때에도 돈이 존재를 결정할까. 대체 뭘 먹고 살까. 지금의 '인간적'이라는 말과 천 년 후의 '인간적'이라는 말은 얼마나 다를까…… 천 년 후 사람들은 지금과 완전히 다르리라 믿고 싶다. 아니, 천 년 후에는 글을 쓰고 읽는 인류 따위 존재하지 않으면 좋겠다. 그렇다. 글을 쓰고 읽는 인간으로서, 내가 마지막이었으면 좋겠다는 말이다. 나는 그만큼, 오래 살아남아야 한다.

○

성서는 언제 쓰였지? 적어도 이천 년은 넘지 않았나? 어떤 사람은 이천 년 전에 써진 글을 읽으며 감동하고 위로받고 황홀해하고 미친다. 그리고 믿는다. 섹스 없이 아이를 낳았고 죽은 자가 살아났다는 이야기를. 그건 사십 일 동안 비가 내렸다거나 바다가 갈라졌다는 것과 차원이 다른 사건인데…… 터무니없는 것을 받아들여야 할 때 믿음은 아주 유용하다. 말도 안 돼,라는 말이 튀어나오는 일에야 믿음이란 단어를 갖다붙일 수 있다는 말이다.

일단 믿으라. 그러면 말이 된다.

○

　내겐 부활과 동정녀의 잉태가 필요하다. 윤리나 과학이 끼어들 여지없는 기적이 필요하다. 천 년 후가 필요하다. 종말 혹은 영생이 필요하다. 미친 자아가 필요하다. 인간이 아닌 상태라도 좋으니, 당신이 필요하다.

　믿음이 필요하다.

○

　이 이야기를 마무리 지은 후 나는 어떻게 해야 할까. 무엇을 해야 할까. 어디로 가야 할까. 경찰서에 가서 자백할 수도 있다. 성직자를 찾아가 고백할 수도 있다. 나는 사람을 먹었습니다. 이것이 죄가 됩니까? 그러면 그들의 방식으로 나를 처리해주겠지. 나는 말하라는 것을 말하고 가라는 곳으로 가면 될 것이다.

　이 글을 끝내고, 그리고 최대한 오래 살아남는 것.

　내가 원하는 전부다.

○

구는 길바닥에서 죽었다.

죽은 구는 꼭 술에 취해 곤히 잠든 사람 같았다.

나는 길바닥에 앉아 죽은 구를 안고서 새벽이 오기를 기다렸다.

바람에서 새 옷 냄새가 났다.

비가 올 것 같아.

비가 오면 어쩌지.

비가 오면 좋겠다.

아니야 비가 오면 안 되지.

깊은 밤 잠 못 드는 몸처럼 이리저리 뒤척이던 걱정과 바람. 쇄골까지 내려온 구의 머리칼을 어루만지니 푸석한 머리칼이 한 움큼 빠졌다. 손에 쥔 그것을 가만히 보았다. 버릴 수 없어서, 돌돌 말아 입에 넣고 꿀꺽 삼켰다. 밤은 천천히 가고 비는 오지 않았다. 나는 울지 않았고 구는 숨 쉬지 않았다. 죽은 구를 안고 있었지만 그와 죽음이란 개념은 전혀 연결되지 않았고 같은 극을 띤 자석처럼 강렬하게 어긋났다. 모든 것, 상상 속에서 일어난 일 같았다. 서서히 굳어가는 구를 집까지 옮기고 그로부터 수십 일이 지난 후에도 그랬다.

●

　네가 올 줄 알았다.

　오리라는 것은 알았지만, 분명 너를 기다렸지만, 내가 죽기 전에 오길 바라는지, 죽은 후에 오길 바라는지…… 혼란스러웠다. 살아 있을 때도 원하는 바를 제대로 알지 못해 종종 너에게 선택을 미뤘고 때문에 핀잔을 들었는데, 죽음을 코앞에 두고도 나는 내 마음을 읽지 못해 갈팡질팡했다. 죽는 모습을 너에게 보이기 미안했다. 죄스러웠다. 너에게 그런 짐을 떠맡기고 싶지 않았다. 그것은 내 부재만큼이나 네 남은 생에 지우기 힘든 얼룩과 상처를 남길 테니까. 죽기 전에 너에게 꼭 해야 할 말은 없었다. 없는 줄 알았다. 말해야 할 것은 너와 함께했던 그 기나긴 시간 동안 다 하였을 테고, 그럼에도 말하지 못한 것이 있다면, 굳이 말할 필요 없다고 생각했다. 그런 것은 말이 되어 나와버리는 순간 본질에서 멀어진다고, 말이 진심에서 가장 먼 것이라고, 너는 나의 그런 마음까지 알고 있으리라 믿었는데…… 내 믿음은 옳았을까? 나는 네게 해야 할 말을 다 했던가? 아니지. 무엇이 아닌가 하면, 말이고 진심이고 그런 게 아니라, 너는 내가 죽기 전에 왔어야 했다. 내가 그것을 바랐다는 걸 죽는 순간에야 알았다.

너를 보고 싶었다.

낡고 깨진 공중전화부스가 아니라, 닳고 더러운 보도블록 틈새에 핀 잡초가 아니라, 부옇고 붉은 밤하늘이나 머나먼 곳의 십자가가 아니라, 너를 바라보다 죽고 싶었다. 너는 알까? 내가 말하지 않았으니 모를까? 네가 모른다면 나는 너무 서럽다. 죽음보다 서럽다. 너를 보지 못하고 너를 생각하다 나는 죽었다. 너는 좀 더 일찍 왔어야 했다. 내가 본 마지막 세상은 너여야 했다.

길이 시작되는 곳에 고여 있는 가로등 불빛을 봤다.

눈을 감기 전까지 그것을 보았다.

저거 되게 따뜻해 보이네.

그런 생각을 했다.

담이는 저기로 오겠네.

그런 생각을 했다.

……저거 꼭 담이네.

○

　상상해보지 않은 건 아니었다. 구가 사라졌을 때, 쫓
길 때, 협박에 시달릴 때, 시든 국화처럼 지쳐 잠든 구를
맹하니 바라보던 어느 고요한 밤에도 나는 상상했었다.
　구가 먼저 죽으면 어쩌나.
　구가 죽으면 나도 따라 죽어야지 마음먹었다. 하지만
내가 따라 죽으면 우리의 시체는 어찌 되는가. 누가 우
리를 거두어줄 것인가. 공무원이 우리를 가져가 태우
겠지. 가져갈 때도 접수할 때도 태울 때도 구와 내가 어
떤 사람이었는지, 어떻게 살아왔는지, 구가 나에게, 나
에게 구가 어떤 존재인지, 우리 몸에 새겨진 기억과 추
억 같은 것…… 상상하지 않겠지. 죽은 동물을 옮기고
태우듯 그러겠지. 우리 몸은 그렇게 사라지겠지. 내 몸
이 그리되는 것은 참을 수 있어도 구를 그리 둘 수는 없
다. 그렇다면 구의 몸을 잘 감추고 나도 따라 죽어야지.
그렇게 마음을 고쳐먹었다. 그보다 더 자세히 생각하
는 건 어쩐지 재수 없게 느껴져서 더는 상상하고 싶지
않았다. 그런데 구가 먼저 물었다. 번개 맞아 죽은 고목

같은 집으로 숨어들던 날 밤이었다. 모로 누운 구가 나를 안고 물었다.

배고파?

나는 고개를 저었다.

피곤해?

나는 고개를 끄덕였다.

이모 화장할 때 많이 울었어?

나는 가만히 있었다.

이모한테 한번 가볼까?

이모가 죽을 때 구는 내 옆에 없었다. 그때를 떠올리면 구가 미웠다. 구를 미워하고 싶지도 않고 이모가 죽던 날을 떠올리기도 싫었다. 그러니 그때 이야기는 그만하면 좋겠다고 생각했다.

내가 죽으면 어떡할래?

구가 물었다. 그 질문이 불행하고 잔인해서 울고 싶었다.

화장에도 매장에도 돈이 드니까 그 돈은 내가 꼭 만들어둘게. 근데 내가 죽으면 꼭 아무도 모르게 묻거나 태워야 해. 안 그러면 놈들이 내 시체를 팔아먹을 테니까.

나는 몸을 일으켜 구의 몸을 가만히 쳐다봤다. 고운 눈매. 산처럼 솟은 코. 귀여운 귀. 각질 인 피부. 그래서 핥고 싶은 살. 애처로운 흉곽. 아이 볼 같은 엉덩이. 그의 다리는 꼭 어린 자작나무 같았다. 그 몸을 만지고 싶어 조몰조몰 만졌다. 아름다운 이것을 어찌 불에 태우고 땅에 묻을 수 있나. 내 손으로 그럴 수 있나. 나는 내 생각을 말했다. 너를 태우기도 묻기도 싫으니까 절대 나보다 먼저 죽지 말라고.

그래, 나도 그래.

구가 말했다.

하지만 그런 날은 올 거야. 그런 날이 오면 너 모르는 데로 가서 나 혼자 죽을까? 그러는 게 나을까?

그건 가장 좋지 않은 방법이라고 나는 대꾸했다. 그리고 부탁했다. 우리 앞으로 함께 해야 할 것들, 함께 하고 싶은 것들에 대해서 시시콜콜 다 이야기한 다음 죽음에 대해 생각해보자고. 무섭고 슬픈 이야기는 우리 좀 더 건강해진 다음에 농담처럼 나누자고. 말을 끝내고 다시 자리에 눕는데, 구가 말했다.

만약 네가 먼저 죽는다면 나는 너를 먹을 거야.

○

구의 몸을 잘 감추고 나도 따라 죽겠다는 다짐은 취소다. 그건 구가 죽지 않았을 때에나 할 수 있었던 나약하고 병신 같은 생각이다. 구의 몸을 잘 감추겠다니. 대체 어디에 감추겠다는 말인가. 살아 있는 구도 감추지 못하고 결국 들켜버린 주제에…… 나도 따라 죽겠다니. 그것이야말로 가장 좋지 않은 방법이다.

나는 너를 먹을 거야.

너를 먹고 아주 오랫동안 살아남을 거야. 우리를 사람 취급 안 하던 괴물 같은 놈들이 모조리 늙어죽고 병들어 죽고 버림받아 죽고 그 주검이 산산이 흩어져 이 땅에서 완전히 사라진 다음에도, 나는 살아 있을 거야. 죽은 너와 끝까지 살아남아 내가 죽어야 너도 죽게 만들 거야. 너를 따라 죽는 게 아니라 나를 따라 죽게 만들 거야.

네가 사라지도록 두고 보진 않을 거야.

살아남을 거야.

살아서 너를 기억할 거야.

○

이모와 살기 전까지 나는 할아버지와 살았다. 할아버지가 돌아가시자 절에 살던 이모가 내려왔다. 나는 그때 이모를 처음 봤다. 이모도 나를 처음 봤다. 아니다. 이런 문장이 진실에 더 가까울 것이다.

'우리는 그때까지 서로의 존재를 까맣게 몰랐다. 할아버지가 죽어서 우리는 서로의 존재를 알게 되었다.'

이모는 자기가 이모인 줄, 조카는 자기가 조카인 줄 몰랐다는 말이다. 그래서 이모는 몰랐다. 내가 어떻게 생겨나서 할아버지랑 같이 살게 되었는지. 그건 나도 몰랐다. 할아버지는 모두에게 아무 말도 해주지 않고 돌아가셨다. 언젠가는 말해줄 작정이었겠지만, 당신도 당신이 그리 느닷없이 죽어버릴 줄은 몰랐겠지. 애고 어른이고 우린 도통 아는 게 없었다. 이런저런 생활의 지혜 같은 것은 기가 막히게 잘 알면서도, 자기 삶을 관통하는 아주 결정적인 사실은 모른 채로, 때로는 모른다는 사실조차 모르는 채로도 우리는 그럭저럭 살았던 것이다. 그런 비밀은 모르는 게 나은 때도 많다. 알아봤자 생각은 복잡해지고 골치만 아프고, 어떤 경우에는 자기 삶을 아예 부정하고 싶어지기도 하니까.

이모는 나를 키우려고 비구니를 그만뒀다. 그리고 콘크리트 건물이나 컨테이너 건물에 들어가 이러저러한 것을 만들어 돈을 벌었다.

이모는 거기서 뭘 만들어?

라고 물으면 이모는,

소리를 만들어.

라고 대답했다. 스피커를 만든다는 뜻이었다.

이번에는 뭘 만들어?

향기를 만들어.

그렇다. 방향제다.

이젠 뭘 만들어?

예쁨을 만들어.

뭐겠나? 바로 손거울이다. 나는 이 비유를 오랫동안 이해하지 못했다.

이번에는?

어둠을 만들지.

전구다. 나는 이 역시 단박에 이해하지 못했다. 그래서 어둠에 대해 자꾸 물었다. 나도 이모처럼 이해하고 싶었으니까. 끈기 있게 대답을 해주던 이모는 결국 화를 냈고 나는 울었다. 울면서도 모르는 게 죄냐고 물었다. 이모는 이렇게 대답했다. 무언가를 알기 위해서 대답이나 설명보다 시간이 필요한 경우도 있다고. 더 살다보면 자연스럽게 알게 되는데 지금 이해할 수 없다고 묻고 또 물어봤자 이해하지 못할 거라고. 모르는 건 죄가 아닌데 기다리지 못하는 건 죄가 되기도 한다고. 이 역시 알아들을 수 없는 말이었다. 그래서 대들었다.

내가 지금 죽어버리면 그건 영영 모르는 게 되잖아!

이모는 눈을 동그랗게 뜨고 나를 봤다.

잠시 우리 사이에 정적이 흘렀다.

아마 그때 이모와 나는 같은 생각을 했을 것이다. 할아버지 생각. 우리에게 죽음이란 바로 할아버지. 이모는 한숨을 쉬며 말을 말자고 했다. 하지만 나는 계속 말을 하고 싶었다. 이모와 말하는 게 나의 유일한 놀이이자 사랑표현이었으니까.

그때 나는 세상에서 이모만을 사랑했다. 이모에게 내 사랑을 모두 쏟아부었고, 쏟아붓는 만큼 받아내고 싶었다. 하지만 이모는 나를 먹여살리기 위해 돈을 벌었다. 밤낮으로 부지런히 무언가를 만들어서 돈을 버는 것. 그것이 이모의 사랑표현이었으니까.

○

괴롭다는 것은 몸이나 마음이 편하지 않고 고통스럽
다는 뜻이다.
괴로움 없는 사랑은 없다.

구와 나는 여덟 살에도 아홉 살에도 같은 반이었다.
여덟 살은 어떻게 지나갔는지 모르겠다. 아홉 살이 되
자 구가 나를 괴롭혔다. 가방을 뺏고 머리채를 잡아당
기고 내 실내화를 멀리 집어 던졌다. 공책에 낙서를 하
고 의자를 발로 툭툭 찼다. 뭐라 말은 하지 않고 그렇게
몸으로 괴롭히기만 했다. 산수 문제를 못 풀어 창피를
당한 날이나 친구들과 어울리지 못해서 속상한 날, 새
파란 하늘에 꽃처럼 피어난 흰 구름을 보고 괜히 마음
이 울적해진 날에 마침 구가 날 괴롭히면, 나는 소리 없
이 잠깐 울었다. 어느 날엔 그렇게 우는 나를 보고 구가
사나운 표정을 지었다. 둥그런 눈으로 나인지 나의 뒤
인지 나의 귀인지 모를 곳을 빤히 보다가 뭐라고 두 글
자를 중얼거렸는데 단번에 알아들을 수도 알아볼 수도

없었다. 그날 내내 그 두 글자에 대해 생각했다. '씨발'인지 '정말'인지 '그만'인지 '미안'인지 곱씹을수록 헷갈렸다.

나를 괴롭히는 구가 싫지는 않았다.

조금 밉기는 했다.

때로는 구에게 다정하게 인사를 하고 싶기도 했는데, 구야 하고 부르는 것부터 자연스럽게 되지 않았다. 구가 내 머리채를 잡아당기면 나는 구를 슬쩍 보고, 구가 내 지우개를 책상 밖으로 튕겨내면 나는 또 구를 힐금 보고, 구가 내 옆을 지나가면서 의자를 툭툭툭 차면 그런 구의 뒷모습을 멀거니 보고, 그렇게 단 한 번도 서로의 이름을 제대로 부르지 못하고 우리는 열 살이 되었다.

구의 집은 이모와 내가 살던 집에서 걸으면 십 분도 걸리지 않는 거리에 있었다. 우리는 같은 길을 걸으며 같은 놀이터에서 같은 그네를 타고 같은 목욕탕을 다녔다. 그런데도 길이나 놀이터에서 마주친 적은 거의 없어서, 때로는 여기 어디 구가 없나 하는 마음으로 주변

을 휘휘 둘러보기도 했다. 둘러볼 때마다 구는 없었고
나는 묘한 서운함에 빠졌다. 그러다 내가 꾀병을 부려
학교에 가지 않은 날 구도 무엇 때문인지 학교에 가지
않았고, 평일 오전에 학교가 아닌 적막한 골목에서 우
리는 딱 마주쳐버렸다. 그날 그 낮 그 골목에 사람이라
곤 구와 나 둘뿐이었다. 서로를 본 우리는 서투르게 웃
으며 서서히 걸음을 멈췄다.

너 왜 여기 있어?

넌 왜 여기 있어?

구와 내가 서로에게 물었다. 그 질문에는 의문보다
반가움이 더 짙게 묻어 있었다. 여기에 마침 네가 있어
이제야 말을 걸 수 있게 되었으니 설레고도 기뻐하는
마음이.

그러니 이것은 우리의 첫 만남이 아니다.

나는 우리가 처음 만난 여덟 살을 기억하지 못했고
구 역시 그랬다. 하지만 우리가 서로를 향해 '너'라고
부른 그 순간만큼은 구도 나도 명징하게 기억했다. 그

날, 노곤한 한낮의 햇살과 온기처럼 허공에 깃든 라일
락 바람도. 그때 구는 군청색 잠바를 입고 있었다. 잠바
에서 어렴풋이 연탄난로 냄새가 났다. 손바닥을 허벅지
에 슥슥 비비면서 넌 왜 여기 있어 묻더니 발부리로 땅
바닥을 툭툭 찼다. 땅에서 내 대답을 캐낼 것처럼.

　이모만을 사랑하던 나는 그날 이후 이모를 사랑하듯
구를 사랑했다. 내 사랑이 나뉘자 이모도 좋아하고 구
도 좋아했다.
　그때 이모는 여름을 만들고 있었다.
　여름을 만든다는 이모의 말만 기억날 뿐, 여름이 무
엇이었는지는 까먹었다.

●

그날 이후 우리는 밤낮 없이 붙어다니며 흰 설탕을 나눠먹었다.

학교 수업이 끝나면 거의 매일 담이 집으로 갔다. 담이도 나도 돈이 없어서 군것질을 할 수 없었는데, 그즈음엔 단 음식이 자꾸 먹고 싶었다. 그래서 찬장에서 흰 설탕을 꺼내 먹었다. 내가 오목하게 손바닥을 오므리면 담이 그 위에 설탕을 살살 들이부었다. 우리는 싱크대에 기대앉아 검지에 침을 묻혀가며 설탕을 콕콕 찍어 먹었다.

이모가 뭐라고 하면 어떡해?

딸꾹질 때문이라고 하면 돼.

내가 묻고 담이 대답했다.

그렇게 설탕만 찍어 먹다가, 여름방학 때였나, 옷걸이에 걸려 있는 이모 바지에서 돈을 꺼내 아이스크림을 사 먹었다. 담이 돈을 꺼낼 때 나는 이모한테 허락받았냐고 묻지 않았다. 훔치고 있다는 걸 직감적으로 알았고, 그런 질문으로 담을 곤란하게 만들고 싶지 않았다. 혹시라도 나중에 이모가 눈치를 챈다면 어떻게 해야 하는가에 대해서는 오랫동안 생각했다. 같이 도둑질을 했다고 해야 하나? 도둑질인 줄 몰랐다고 해야 하나? 그런 생각을 하는 것만으로도 담에게 미안했다. 하지 말자고 말하기는 싫었다. 하지 말자는 말 자체가 담을 나쁜 애로 만드는 것 같아서. 담은 나쁜 애가 아닌데. 담은 내가 세상에서 가장 좋아하는 사람. 담이와 보내는 시간은 세상에서 가장 즐거운 시간. 담이 하는 것은 나도 하고 싶었고, 담이 가는 곳에는 나도 가고 싶었다. 나쁘지도 올바르지도 않은 채로, 누가 누구보다 더 좋은 사람이다 그런 것 없이 같이 있고 싶었다.

우리는 하루 한 번씩 이모 옷을 뒤졌다.

옷에서 돈이 나오면 좋아했고 돈이 나오지 않으면 실망했다. 어느 날 내가 먼저 이모 잠바를 뒤져서 돈을 꺼냈다. 담은 내 손에 들린 돈을 가만히 보더니 그것을 다시 이모 옷에 넣으라고 했다.

내가 할 거니까 너는 하지 마.

누가 하든 어차피 도둑질이잖아.

도둑질이라고 말하긴 처음이었고, 그렇게 말하자마자 그런 표현을 쓴 것을 후회했다.

아니까 너는 하지 말라고.

왜?

니가 그러는 건 싫어.

너는 되고 나는 안 돼?

…….

…….

내가 하면 되니까 너는 안 하면 좋겠어.

그럼…… 내가 하면 안 되는 거는 너도 안 하면 좋겠어.

담은 내게서 돈을 빼앗아 이모 잠바에 도로 넣었다. 그리고 그 잠바의 주머니인지 소매인지 모를 곳을 한동안 빤히 노려봤다. 나는 축축한 손바닥을 허벅지에 슥슥 비비다가 어물쩍 담이 손을 잡았다.

배에서 천둥번개가 치고 폭풍우가 불도록 우리는 나란히 누워 까만 밤이 오기를 기다렸다. 집으로 돌아온 이모가 이제 그만 네 집으로 가라고 말하거나 그날의 장사를 마무리한 어머니가 전화를 걸어와 이제 그만 네 집으로 돌아오라고 말할 때까지.

●

밤은 더디게 왔다.

오래 지속되는 저녁 빛이 우리를 감시하고 시험하는 것만 같았다.

도둑질을 하는데 거짓말을 하는 기분이었어.

스무 살 넘어 그 시절의 도둑질 이야기를 꺼냈을 때, 담이 말했다.

밤에 이모 앞에서 시치미 뚝 떼고 있으면 이모에게 계속 거짓말을 하는 것만 같았어. 도둑질을 할 때도 도둑질이 아니라 거짓말을 하는 것 같았고. 도둑질보다 하지도 않은 거짓말에 대한 죄책감이 더 컸어.

우리 사이에 한동안 침묵이 고였다. 담이 얼굴이 슬펐다. 아마도 이모를 생각하고 있었겠지. 나는 노마를 생각했다. 담이 역시 노마를 떠올렸는지도 모른다. 노마가 떠난 후 우리는 그 이름을 소리 내어 말하지 않았다. 말하지 못한 것일 수도 있다. 우리 탓도 있겠지? 한번쯤은 담에게 물어보고도 싶었다. 하지만 담이 내게

그렇게 묻는다면…… 내게는 답이 없었다. 하여 담에게
도 물어볼 수 없었다.

죽으면 알 수 있을까 싶었다.
살아서는 답을 내리지 못한 것들, 죽으면 자연스레
알게 되지 않을까.

그런데 모르겠다. 살아서 몰랐던 건 죽어서도 모른
다. 차이가 있다면, 죽은 뒤에는 모른다고 괴로워하지
않는다는 것뿐. 모르는 것은 모르는 대로 두게 된다. 그
것 자체로 완성. 하지만 만약 담이 지금 내게 묻는다면,
우리 탓일까? 하고 묻는다면, 나는 그렇지 않다고 말해
줄 거다. 그래서 담이 마음이 조금이라도 덜 괴로워진
다면.

열아홉 살 때 도둑질을 한 번 더 했다. 그때도 여름이
었다. 남의 집 빨랫줄에서 리바이스 티셔츠를 훔쳤다.
하얀색 반팔 티셔츠였고, 가슴께에 빨간 글씨로 LEVI'S
라고 프린트되어 있었다. 목둘레선이 낡고 해진 옷이었

다. 겨드랑이 부분은 약간 누리끼리했다. 오랫동안 입은 옷이 분명했다. 그런 옷을 갖고 싶었다. 비싼 옷을 집에서 함부로 입는 사람들이 부러웠다. 어릴 때부터 그런 옷을 입고 살아온 사람처럼, 그런 옷쯤 추리닝으로나 입는 사람처럼 보이고 싶었다.

남의 것을 훔친 경험은 그게 전부다.

그런데도 나는 거액의 빚을 지게 되었다. 본 적도 만진 적도 없는 빚이 내게 넘어왔다.

그것을 피해 도망치다가 이곳까지 왔다.

이곳은 적막과 공(空)의 세계. 벌판도 바다도 하늘도 아닌……그저 공간이라고 말할 수밖에 없는 끝없는 공허……속에서, 실체 없는 나를 분명히 느끼며 눈이 아닌 온몸, 온 마음으로 나는 본다. 하지만 나는 혼자. 여기서 이렇게 너를 충분히 느끼고 있어도, 네가 내 옆에 있어도, 너는 여기 없다. 아니……내가 없는 것일까. 하지만 나는 분명 여기 있다. 나는 여기 있고 너도 여기 있는데, 나는 여기 없고 너도 여기 없다. 이렇게 빤히 보이는 한 공간에 함께 존재하지만 닿을 수 없으니 우리의 우주는 전혀 다르다. 겹치지도 포개지지도 않고 미끄러지는 세계.

담은 분명 여기 있지.

하지만 이곳은 담이 없는 세상.

○

　어둠이 파란빛으로 옅어질 무렵 죽은 구를 업고 택시
를 탔다. 택시 기사의 눈치를 살피며 구를 몇 번 깨우는
척했다. 한숨도 쉬었다. 구는 내게 몸을 기댄 채 술 취
해 잠든 사람 연기를 잘 해주었다. 택시에서 내려 다시
구를 업을 때, 택시 기사가 도와주겠다고 나서면 어쩌
나 잔뜩 겁을 먹었지만 역시 그런 일은 일어나지 않았
다. 방에 구를 눕히고 물을 끓였다. 뒷마당에 두었던 커
다란 고무 대야를 부엌으로 끌고 와 대야 속을 깨끗이
씻었다. 날이 차가울 때면 구와 나는 그 대야에 따뜻한
물을 붓고 들어가 서로를 안았다. 꼭 껴안고서 손바닥
으로 서로의 등을 살살 문지르면서, 우리 머리와 어깨
와 손가락 위로 하얀 김이 모락모락 피어나는 것을 신
기한 눈으로 쳐다보곤 했다. 이러다 어떤 전설처럼 우
리 몸도 증발되어 스르륵 사라질 것 같지 않아? 그런
전설이 있어? 없나? 없으면 우리가 하나 만들지 뭐. 그
런 얘기를 나누다보면 물은 금세 식고 우리는 빨리 추
워졌다.

그 대야에 찬물과 뜨거운 물을 적당히 섞어 넣고, 구를 넣었다. 나도 옷을 벗고 들어갔다. 천천히 구의 몸을 씻겼다. 씻다가 안았다. 안으면, 구의 팔과 등에 새겨진 내 손가락 자국이 잘 사라지지 않았다. 구를 만지는 것만으로도 구의 몸에 상처를 주는 것만 같았다. 대야의 물을 갈아가며 구를 충분히 씻긴 뒤 물기를 깨끗이 닦아냈다. 방에 누이고 소독용 알코올로 몸 전체를 꼼꼼히 닦았다. 입속과 콧속과 배꼽과 항문까지, 다 닦았다. 손톱과 발톱을 깎아주었다. 깎인 손톱과 발톱 조각은 내가 먹었다. 머리카락을 단정히 빗겨주었다. 빠진 머리카락도 내가 먹었다. 꿀꺽 삼켰다. 작은 구는 그새 더 작아져버렸다. 가만히 앉아서, 외로운 빛으로 변해가는 구의 몸을 바라봤다.

아무도 알아서는 안 된다.
구의 죽음을.

구의 죽음에 관심 없는 사람들은 어떤 애도도 표하지 않을 것이다. 단 일 초도 구의 삶을 상상하거나 구의 죽음을 슬퍼하지 않을 것이다. 어떤 이는 차라리 잘 되었다고 말할 것이다. 그렇게 사는 게 사는 거냐고, 답 없는 삶이라고 말할 것이다. 살면서 이미 그런 말을 수차례 들었다. 그런 구가 진짜 죽었다. 죽었는데도 그런 말을 듣게 할 수는 없다. 죽었는데, 잘 되었다니. 견딜 수 없다. 지금도 구를 찾고 있을 자들이 구의 죽음을 안다면, 분명 구의 몸을 팔려고 할 것이다. 구의 몸을 당당히 가져가서 닭고기 팔 듯 팔 것이다. 그들에게 구는 살아 있는 사람이어야 한다. 구를 미친 듯 찾게 만들고, 찾지 못하여 미치게 해야 한다. 어째서 사망신고를 해야 하는가. 무엇을 위하여. 누구를 위하여. 구가 죽었다고, 내 이름으로 그것을 증명해야 하는가. 그럴 수 없다. 여기 내 눈앞에 있는데. 이렇게 아름다운 몸이 있는데. 만지고 안을 수 있는데.

그 누구도 몰라야 한다.

어차피 관심 없지 않았는가. 사람으로서 살아내려 할 때에는 물건 취급 하지 않았는가. 그의 시간과 목숨에 값을 매기지 않았는가. 쉽게 쓰고 버리지 않았는가. 없는 사람 취급 하지 않았는가. 없는 사람 취급받던 사람을, 없는 사람으로 만들 수는 없다.

이렇게 아름다운 몸을 땅에 묻을 수도 불에 태울 수
도 없다.

구는 여기 내 눈앞에 있다.

○

우린 비슷한 속도로 자랐다. 나는 나와 비슷하게 작은 구가 좋았다. 더 높거나 낮지 않게, 비슷한 눈높이로 세상을 보는 것만 같아서. 내 투박한 말을 가만히 듣던 구가, 맑은 허공에 시선을 고정하고 미세하게 고개를 끄덕이며 '응' 하고 대꾸할 때면 손가락 끝이나 정수리나 명치가 시렸다.

열두 살 때 일이다.

아이들이 우리를 놀리기 시작했다. 둘이 사귀네 손을 잡고 걸어가네 뽀뽀를 하네 서로의 거시기를 만지네 등등의 말을 우리 옆을 지나가며 노래 부르듯이 했다. 그런 소문이 도니까 그 누구도 구와 나를 친구로 대해주지 않았다. 말을 걸지도 않고 놀이에 끼워주지도 않았다. 그러면서도 자기들끼리 돌려보는 야한 만화책처럼 구와 나를 써먹었다.

말은 점점 괴상망측해졌다.

떠도는 이야기 속에서, 구와 나는 술을 마시고 담배

를 피우고 부모님의 돈을 훔치려고 도둑질을 하다가 딱 걸려서 집에 불을 지른 애들이 되어 있었다. 구의 집에도 가게에도 불이 난 적이 없다는 사실이 밝혀지자 '불이 났다'는 말은 '불이 날 뻔했다'로 수정되었다. 그러니까, 불을 지르긴 질렀다는 것이다.

그런 소문이 돌고 도는 얼마간에도 구와 나는 여전히 붙어 다녔다.

애들이 우리를 더럽다고 놀릴 때는 무척 화가 났지만 그게 구의 손을 놓을 이유가 되지는 않았다. 하지만 어느 날 우리를 집요하게 놀리던 남자애와 구 사이에 싸움이 붙어버렸고, 그 남자애의 두 살 많은 형이 싸움터에 쫓아와 구를 흠씬 패는 바람에 어른들도 우리를 둘러싼 소문을 알게 되었다. 선생님과 구의 부모님은 구와 내가 어떤 사이인지 잘 알면서도, 우리가 더럽지 않다는 것을 모르지 않으면서도 구와 나를 추궁했다.

큰 병에 담겨 있는 매실주를 한 국자씩 나눠 마신 적

도 있고,

　재떨이에 쌓여 있는 꽁초를 들고 담배 피우는 흉내를 내본 적도 있고,

　돈을 훔쳐서 아이스크림을 사 먹은 적도 있고,

　같이 잔 적은 헤아릴 수도 없이 많았던 우리는,

　그들의 추궁에 단호하게 아니라고 말하지는 못했다. 긍정도 부정도 하지 않은 채 서로의 손만 꼭 잡고 있는 우리를 물끄러미 쳐다보던 구의 어머니인가, 선생님이 말했다. 그 손 놓으라고. 이제 손잡고 다니기에는 창피한 나이라고. 둘이서만 붙어다니지 말고 다른 아이들하고도 어울려야 한다고. 우리가 아이들을 따돌린 게 아니라 아이들이 우리를 따돌리고 괴롭혔는데, 어째서 그 어른은 우리에게 그런 말을 했을까. 어른들은 정말 그 소문을 그대로 믿었던 걸까. 구가 싸우지 않았다면 우리는 어찌 되었을까. 소문은 얼마나 더 자라났을까. 아니, 그보다, 구는 그때 왜 내 손을 놓았던 걸까.

구가 내 손을 놓았다.

구가 내 손을 놓는 순간 나는 정말 더러워지는 것 같았다. 아이들이 지어낸 소문을 사실이라고 인정하는 것 같았고 우리가 다정하게 지낸 시간들이 범죄 같았고 그들의 야유에 굴복하는 것 같았다. 사나운 사람으로 득실거리는 광장 한가운데 내팽개쳐진 벌거숭이가 된 것처럼 외롭고 무서워서, 화가 났다.

●

우리를 놀린다는 이유만으로 더지와 싸운 건 아니
었다.

언젠가 청소 시간에 더지가 복도 창에 걸터앉은 채로
어딘가를 오랫동안 바라보는 것을 보았는데, 그 어딘가
의 중심에 담이 있었다. 담은 바닥을 쓸고 닦기 위해 교
실 뒤로 밀어놓은 책걸상을 원래 자리로 옮기고 있었
다. 더지는 담을 보며 제 입술을 잘근잘근 씹어 먹었다.

싫었다. 담을 그렇게 쳐다보는 게.

이전까지는 그런 생각을 해본 적 없었다. 누군가가
담을 그런 눈빛으로 쳐다볼 수도 있다는 생각. 담을 좋
아할 수도 있다는 생각. 담과 나를 놀리는 다른 놈들도
실은 죄다 담을 좋아하는 건지도 모른다는 생각까지 들
었다. 청소를 끝낸 담이 나를 찾아 교실과 운동장과 복
도를 눈으로 훑을 때에도 더지는 시선을 거두지 않았
다. 담이 더지와 눈을 마주치고도 아무것도 보지 못한
것처럼 무심히 고개를 돌려버리자, 더지는 창틀에서 내
려와 담이 쪽으로 가며 짓궂은 말을 해대기 시작했다.

더지의 말에 몇몇 아이들이 실실 웃거나 좋지 않은 눈
으로 담을 쳐다보았다.

그 역시 싫었다. 그런 눈빛으로 담을 쳐다보는 것.

그 순간 나는 담에게 가고 싶으면서도 가고 싶지 않
았다. 내가 담이 옆에 있으면 그들의 눈빛은 더 더러워
질 거였다. 내가 담이 옆에 없으면 담이 혼자 그것을 견
뎌야 할 것이었다. 어찌해야 하는지 몰라 담이만 쳐다
보고 있는데, 그런 나를 담이 찾아내고 망설임 없이 내
게로 왔다. 그랬다. 언제나 담이 먼저 움직였다. 나를
오랫동안 곤란에 빠트리지 않았다.

그날, 더지와 싸운 날, 더지는 내게 담이 몸에 대해
노골적으로 말했다.

니네 빠구리할 때 그년이 쌍욕을 내지른다며? 그년
홀딱 벗겨놓고 묶어놓고 니가 막 쑤셔박는다며?

그렇게 노골적인 말을 듣기는 처음이었다. 더지 입에
서 그런 말이 나온다는 건, 더지가 담의 그런 모습을 그
려보았다는 뜻이었다. 제 입술을 잘근잘근 씹어 먹으며
담을 바라보던 놈의 머릿속에서, 담은 홀딱 벗겨지고

쌍욕을 하고 묶이고 쑤셔박혔던 것이다. 그건 같이 담배를 피우고 본드를 하고 불을 지른다는 것과는 차원이 다른 말이었다. 그 어떤 말을 들을 때보다 기분이 더러웠다. 싸우지 않을 수 없었다.

　나는 더지보다 작았고 힘도 약했다. 하지만 백 대를 맞더라도, 담을 뚫어져라 바라보던 더지의 두 눈을 꼭 패고 싶었다. 패서 물큰하게 만들고 싶었다. 물큰해진 그 눈구멍으로 손을 쑤셔넣어 더지의 뇌를 쥐어짜야 했다. 담이와 관계된 모든 생각을 짜내야만 했다. 필사적으로 덤벼들면서도 더지의 눈엔 손가락 하나 대지 못했고, 더지의 눈을 한 대도 패지 못했는데, 더지의 형이 달려왔다. 육학년 세 놈을 끌고 달타냥과 삼총사처럼 달려왔다. 나는 일방적으로 맞았다. 많이 맞아서 죽을 것만 같았는데, 죽지도 않고 계속 맞았다.

　저기, 담이 보였다.

　담이 빽빽 소리를 질렀다. 하지 말라고, 화를 내면서,

하지 말라고, 화를 내듯 울면서, 사정하는 것 같았다.
하지만 나는 계속 맞았다. 담이 의자를 집어 들었다. 그
러지 말라고 말하고 싶었다. 보지 말라고, 여기 끼어들
지 말라고, 나를 보지 말고 돕지 말고 제발 모른 척 지
나가라고. 하지만 나는 말도 못할 정도로 맞고 있었다.
그런 꼴을 담에게 보이는 것도 싫었고, 담이 나 때문에
의자를 집어 드는 것도 싫었고, 다 싫었다. 의자를 휘두
르는 담을 더지가 막았다. 의자를 탁 잡아서 뺏고, 의자
를 다른 곳으로 던지고, 싸움을 등지고 서서 담을 바라
봤다. 넌 끼어들지 말라고 말했다. 개새끼들. 버러지 같
은 새끼들. 담이 소리를 질렀다. 씨발 넌 꺼지라고 더지
가 말을 씹어 뱉었다. 더지 형이 내 머리채를 잡고 흔들
었다.

　육학년이 끼어드는 바람에 일이 커졌다.
　선생님이 나의 어머니와 더지의 어머니를 학교로 불
렀다. 더지 어머니는 선생님을 보자마자 두 손을 배꼽
에 모으고 허리를 깊이 숙여 인사했다. 선생님도 더지
어머니처럼 허리를 숙였다. 나의 어머니는 선생님에게

48

그렇게 인사하기 전에 나를 먼저 다그쳤다. 이놈 자식이 왜 하지도 않던 싸움질을 해서 사람을 놀래키고 지랄이냐고 했다. 늘 듣던 어머니의 말투와 억양이었고, 어머니가 진짜 화가 나서 나를 나무라는 게 아니라는 것도 알았지만, 정말 잘 알았지만, 그래도 분하고 서러웠다. 더지 어머니는 검은색 코트의 앞섶 위부터 아래까지 부드럽고 섬세한 털이 달려 있는 코트를 입고 있었다. 살아 있는 털처럼 윤기가 흘렀다. 나도 모르게 그것을 만질 뻔했다. 만져보고 싶었다. 코트를 벗자 흰색 블라우스와 남색 스커트가 나왔다. 블라우스의 단추는 작고 흰 구슬이었다. 목둘레선과 소매에는 정교한 레이스가 살짝 덧대어져 있었다. 엉덩이와 허벅지를 감싸고 내려오는 스커트에는 단 하나의 보풀도 실밥도 먼지도 붙어 있지 않았다. 더지 어머니의 살결은 적당히 누랬다. 희기로 치자면 우리 어머니의 살결이 훨씬 희었다. 어머니는 햇빛을 못 보니까. 하루 종일 가게 뒷방에 앉아 물건 값을 계산하고 알려주고 거스름돈을 내줘야 하니까. 우리 어머니는 예뻤다. 참 예쁘다는 소리를 얼마예요 소리만큼 듣고 살았다고 했다. 담이도 예뻤다. 그

래서 더지도 담을 보며 입술을 잘근잘근 씹어 먹었을
것이다.

나는 곧 이상한 감정에 빠져버렸다.

그 손 좀 놓으라고, 놓고 얘기하라고 더지 어머니가
말했을 때, 나는 깊이 생각 중이었다.

내가 담이를 좋아해도 되나.

더지가 좋아하는 게 더 좋지 않나.

담이는 나 때문에 싸움이나 하게 되고. 근데 더지가
막았지. 내가 아니라. 더지가.

그런 생각을 하다가 손을 놓았다. 담이 뻥 뚫린 눈빛
으로 나를 쳐다봤다. 쳐다보며 내 손을 다시 잡으려고
했다. 나는 주먹을 쥐었다. 아무리 힘을 줘도 꽉 쥐어지
지 않았다. 담이는 내 주먹을 자기 손바닥으로 감쌌다
가, 더 꼭 감쌌다가, 놓았다. 화가 난 듯 놓았다가 다시
잡았다. 손가락에 힘을 줘 내 주먹을 펴려고 하다가 그
만두었다.

이후 우리는 너 왜 여기 있느냐고 서로에게 물었던
그날 이전으로 돌아갔다.

어디에서 마주치더라도 그저 스쳐지나갔다.

담이는 나 때문에 싸움이나 하게 되고.

담이를 마주칠 때마다, 절로 담이 생각이 날 때마다 혼자 중얼거렸다.

○

두꺼운 얼음이 쉽사리 녹지 않는 추위가 내내 지속
됐다. 구도 나도 점점 작고 딱딱해졌다. 구 옆에 모로
누워 새소리 닭소리 거센 바람 소리를 들었다. 방은 쇳
돌처럼 차고 어둡고 나는 자꾸 잠들었다. 어느 밤 가만
히 문을 열어보니 눈이 내리고 있었다. 흰 꽃잎 떨어지
듯 가만히 고요히. 달도 별도 없는 바깥은 묘하게 밝았
다. 아니지. 밝은 게 아니지. 방이 어두운 거지. 홀로 중
얼거렸다. 그 소리에 구가 깨어나길 바랐다. 문 좀 닫아
추위, 하고 우는 소리라도 해주길 바랐다. 물을 데워 천
천히 마시고 적당히 식혀서 구의 몸을 닦았다. 빠진 손
발톱과 머리카락은 남김없이 먹었다. 소독용 알코올로
구의 몸을 닦다가, 구의 배에 귀를 대고 눈을 감은 채 어
떤 소리든 들어보려 애썼다. 구의 목소리가 그리웠다.
영영 그 소리 없이 살아야 하다니. 나는 다시 절망에 빠
졌다. 구의 배를 베고 소리 없이 울다가 배가 볼록 들썩
이는 것만 같아 눈을 떴다. 성기가 보였다. 손을 뻗어 그
것을 어루만졌다. 밤새 만지고 빨고 이로 뜯어먹었다.

○

곧 비가 내릴 듯 공기가 무겁고 눅눅했다. 끈끈한 땀이 뒷목을 타고 흘렀다. 손바닥으로 땀을 닦으며 하늘을 올려다봤다. 먹먹했다. 친구도 공부도 학교도 재미없고 무심했다.

중학교에 진학한 후에는 구를 도통 볼 수 없었다.

구와 멀어진 후에도 늘 구를 생각했다. 우리가 함께하던 지난날을 생각하고, 구가 어디에서 무엇을 하고있을까 상상하고, 구도 나를 이렇게 생각할까 궁금해하고, 생각은 돌고 돌아 구를 미워하는 쪽으로 돌아서고…… 그래서 구 아닌 다른 것, 다른 사람, 학교나 공부 따위 생각할 여력이 없었다. 그러니 그것들이 재미없다는 생각 또한 하지 못했다. 구에 대한 생각이 서서히 옅어지고 그 자리에 다른 생각이 들어오자, 비로소실감할 수 있었다.

구는 엄청나구나.

구 대신 들어온 다른 것들이 터무니없이 옅고 가벼워서 구의 밀도를 대신하지 못했다. 구에 비하자면 친구나 공부나 학교 따위 너무도 시시했던 것이다.

보고 싶다, 보고 싶다 생각하며 걸으니 내 발은 당연하게도 구의 집으로 향했다. 구의 집 앞에 서서 녹슨 철문을 골똘히 쳐다보았다. 집 안에선 아무 기척도 들리지 않았다. 기다릴까. 기다리다 만나면 뭐라 말할까. 잘지냈냐고 물어볼까. 너 때문에 나는 만사가 시시해졌는데 너는 사는 게 어떠냐고 물어볼까. 이 생각 저 생각을 엮으며 마음으로 구를 계속 불렀다. 하지만 집 안도 골목도 잠잠했다.

구는 내 생각을 하지 않는가보다.

어쩐지 그런 확신이 들었다. 우리가 특별한 사이라면 내가 이렇게 구를 부르는데 구가 모를 리 없지 않나. 내 확신에 동그라미를 치듯 우박만 한 빗방울이 떨어졌다. 흙바닥에 검은 점이 질퍽질퍽 생겨났다. 미련을 버리지 못하고, 이럴 때 구가 나타난다면 어떨까, 참 좋을까, 미울까, 생각하면서 집으로 걸어갔다. 그런데 정말 구가 나타났다. 조금 전에 내가 그러고 있었던 것처럼, 구가 우리 집 앞에서 그러고 있었다.

야.

구가 아주 천천히 고개를 돌렸다.

너 언제부터 거기 있었어?

……너도 이러고 있었잖아.

내가 묻고 구가 대답했다.

●

담이 집 앞에서 자주 그러고 있었다.

대개 밤에 찾았다. 좁은 방에서 셋이 사는데, 어쨌든
나는 남자가 되어가고, 어쩐지 어머니 옆에 눕는 게 점
점 어색해지고, 더는 부모님이 싸운다고 울거나 자는
척할 수도 없어서, 많은 밤을 가게에 딸린 손바닥만 한
쪽방에서 혼자 잤다. 홀로 누워 있으면 담이 생각이 났
다. 부모님이 싸워도 담이 생각이 났다. 흰밥 한 숟갈을
퍼먹고 열무김치를 우적우적 씹을 때도 담이 생각이 났
다. 저무는 낮의 노란 햇살을 봐도, 깊은 밤 골목에서
자박자박 울리는 발소리를 들어도, 느닷없이 자지가 단
단해지는 밤과 새벽에도 담이 생각이 났다. 매일 밤 일
기를 쓰듯 담이 집으로 갔다. 대문 앞에 서서 마음으로
담아 담아 불렀다. 골목에 발로 쓰는 나의 일기는 온통
담으로 채워졌다.

담이는 내 생각을 하지 않나.

내 생각을 한다면 여기서 이러고 있는 나를 모를 리 없는데.

하지만 담은 몰랐다. 그 밤 중 단 한 번도 문을 열고 나오지 않았다.

담이는 내 생각을 하지 않는가보다.

내 생각을 하지 않고 자나보다.

잠이 잘 오는가보다.

그런 확신이 들었다.

담이 잘 자는 게 다행스럽기도 하고 서운하기도 했다. 역시 나는 내 마음을 똑바로 알 수 없었다. 담이라면 말해줄 텐데. 자기 마음을 얘기하는 방법으로 내 마음을 말해줄 텐데.

봄밤을 그렇게 통째로 날려버렸다. 서성이며 망설이며 돌아서며, 돋아난 꽃이 피고 지고 밟히는 것을 보았다. 꽃향기를 지우는 장마가 시작되던 날, 담이 우리 집 문 앞에 서 있는 것을 보았다. 꼭 지난밤의 나처럼 서 있었다. 문을 마주하고 선 담이 속으로 어떤 말을 하고 있을지 잘 알았기에, 다행스럽기도 서운하기도 했다.

●

　다시 만나게 되었지만, 열두어 살 때처럼 그럴 수는 없었다. 손을 잡고 같이 누워 수다를 떨고 침묵을 공유하고, 틈만 나면 붙어 앉아 서로의 살을 만지고 어디든 항상 붙어다니고…… 그럴 수가 없었다. 짓무르도록 만져봤던 손이고 얼굴인데, 예전처럼 스스럼없이 손을 댈 수가 없었다.

　담이 달라졌음이 한눈에 보였다.

　옷 안에 초코파이 두어 개를 넣어놓은 듯 가슴이 나왔고 팔뚝과 허벅지와 엉덩이에 살이 붙었다. 목선은 가늘고 길어졌다. 아주 작은 옹달샘 같던 몸이 스머프 동산처럼 변해 있었다. 생리는 할까? 궁금했지만 물어볼 수 없었다. 만나지 못한 시간보다 변해버린 몸 때문에 묘한 거리가 느껴졌고, 이상하게 주눅이 들었다.

　담이 눈을 똑바로 쳐다볼 수가 없었다.

　나는 여전히 작고 마르고 약했다. 축구도 농구도 다른 애들만큼 해내지 못했다. 그래도 자전거는 잘 탔다.

지치더라도 멈추지 않고 오래도록 페달을 밟을 수 있었다.

밤에 담을 만나려고 나갈 때 어머니가 어디 가느냐고 물어보면 그냥 나간다고 하거나 아예 대꾸를 안 했다. 담과 나에 대해 어머니가 심드렁하게 생각하든, 다시 잘 지내는구나 생각하든, 미심쩍은 눈으로 보든 그 모든 생각과 시선이 다 싫었다. 잘 지내든, 못 지내든, 미심쩍든, 어떤 생각도 사실과 미세하게 어긋나는 것만 같았다.

담은 부쩍 말수가 줄어들었다. 대신에 아픈 말을 아무렇지도 않게 내뱉었다.

이를테면, 학교 영어 선생님이 정말 멋있다는 둥, 그 선생님이랑 우리랑 겨우 열 살 차이밖에 안 난다는 둥, 그 선생님이 유독 자기한테 읽기를 자주 시킨다는 둥, 효석이한테 자꾸 전화가 온다는 둥.

담은 자기가 너무 뚱뚱하다며 투덜거리곤 했다.

별로 안 뚱뚱하다고 대꾸하면, 옷에 가려져서 그렇지 여기랑 여기랑 살이 얼마나 많은데,라고 중얼거리면서 자기 허벅지와 배를 조물조물 만졌다. 여름 교복은 희었고, 흰 천 너머로 브래지어 끈이 다 보였다. 자세히 들여다보면 어떤 디자인과 색깔인지도 알 수 있었다. 맨다리를 가리고 있는 얇은 교복 치마를 멀뚱히 보며, 치마 안에 팬티만 입을까? 그런 상상을 하지 않을 수 없었다. 가끔 담이 팔뚝과 내 팔뚝이 스쳤다. 그럴 때면 여름인데도 소름이 돋았다. 담이 습관처럼 제 단발머리를 손가락으로 빗다가 정수리 아래로 묶어 올릴 때면 시큼한 땀냄새와 아련한 샴푸향이 동시에 풍겼다. 귓바퀴 뒤에서 흘러내린 땀이 쇄골까지 천천히 미끄러지기도 했다. 나른한 손부채질. 바다 생물처럼 미끈한 입술. 막 깎은 알밤처럼 희고 단단하고 촉촉해 보이는 살결.

아슬아슬했다.

담의 모든 말과 행동이, 바람 부는 거센 절벽 위에 나를 세워놓았다. 담을 볼 때마다, 아니 보지 않을 때도 담의 속살을 상상했다. 그러면 안 된다고 생각할수록 상상은 과감해졌다. 한여름의 빛과 그림자처럼, 현실도 상상도 적당하지 않았다. 현실에서는 담이 눈조차 바로 보지 못하면서 상상에서는 담이 살 어느 곳이든 맛보지 않은 곳이 없었다. 마음 속 욕망과 금기의 주머니는 공평하게 커져갔다. 담을 보는 것도 괴로웠고, 보지 않는 것도 괴로웠다. 더 가까워지고 싶었고 행여 더 가까워질까 겁이 났다. 담이 앞에서만큼은, 나는 나를 최고로 경계해야 했다.

담은 나와 달랐다. 평온한 들판에 산책이라도 나온 듯 나를 만나는 것 같았다.

그 점이 서운하기도 다행스럽기도 했다.

○

구는 좀 다른 사람이 되어 있었다.

어릴 때보다 말이 없어졌고 목소리도 작아졌고 행동도, 뭐랄까, 좁아졌다. 몸만 크고 내면은 짜부라진 것 같았다. 넓고 큰 도화지를 두 손으로 구깃구깃 구겨 아주 작은 공처럼 만들어놓은 것 같았다. 어릴 때도 활발한 성격은 아니었지만 똑소리를 내야 할 때는 똑소리를 내곤 했는데. 몸 안에 방음벽이라도 두른 것 같았다. 그 벽에 걸러져 밖의 소리도 잘 들어가지도 않고 내면의 소리도 퍼져나오지도 않았다. 그런 느낌이 들 때마다 마음이 아팠고 안달이 났다.

나에게만은 그러지 않으면 좋겠는데.

위험한 세상 대하듯 나를 대하지 않으면 좋겠는데.

내가 다시 구와 어울리기 시작하자 이모는 그것 참 좋은 일이라고 말하면서 이런저런 당부를 늘어놓았다. 이제는 예전처럼 그렇게 딱 붙어서 지내면 안 된다고. 그래 어쩌다 뽀뽀까지는 할 수도 있겠지만 너희 나이에

구의 증명

63

는 뽀뽀를 하자마자 고삐 풀린 망아지가 될 가능성이
아주 크다고. 절대 그러면 안 되겠지만 행여나 고삐가
풀려버린다면 바로 이모한테 말해야 한다고. 이모가 어
떤 걱정을 하는지 모르지 않았고, 그것은 바로 나의 걱
정이기도 했다. 이모의 걱정과는 정반대 방향이긴 했지
만. 구는 완전 신부님처럼 행동했다. 나는 손을 잡고 싶
은데 구가 여지를 주지 않았다. 어깨에 기대고도 싶고
팔짱도 끼고 싶었다. 뽀뽀는…… 너무 먼 얘기였다. 밤
하늘의 별만큼 멀고 먼 미지의 영역.

이모는 진짜 아무것도 모르면서.

괜히 이모에게 심통이 났다. 구와 나 사이에 무슨 일
이 있든 절대 이모한테는 말하지 말아야겠다고 생각했
다. 그것은 언제나 어디서나 온 우주를 통틀어 우리 둘
만 아는 비밀로 남겨두겠다고. 구와 나는 그런 사이라
고. 하지만 구는 그런 비밀을 만들려는 마음이 전혀 없
어 보였고 이모는 내게 분명 비밀이 있을 거라 생각하
고…… 나는 왠지 자존심이 상해버렸다. 그래서 구가
불편해할 말을 무심히 늘어놓기도 했다. 구가 상처받길
바란 건 아니지만, 상처받지 않길 바란 것도 아니었다.

모르겠다. 그때 내 마음은 뒤죽박죽이었다.

　중학교를 졸업하던 해 막다른 골목에서 내가 먼저 입을 맞췄다. 드라마에서 본 것처럼 부드럽게 키스하려고 했는데…… 나도 모르게 구의 입술을 거의 물어뜯어버렸다. 한 걸음 두 걸음 뒷걸음질치다 벽 때문에 더는 물러설 수 없게 되자, 구는 바닥으로 서서히 무너졌다. 나는 구를 따라 쪼그려앉아서 다시 입을 맞췄다. 얼마나 오랫동안 그러고 있었는지 모르겠다. 서로의 혀와 입술과 치아를 대청소하듯 빨아들이던 중에, 아파, 아프다고 구가 중얼거렸다. 입술이 아프다는 말인 줄 알았다. 나도 아팠으니까. 아파도 좋았으니까. 입술을 너무 뜯어먹어서 피 맛도 났다. 나는 손가락으로 구의 입술을 살살 어루만졌다. 구는 아니 거기 말고,라며 엉거주춤 앉은 자세를 바꾸다가 결국 자리에서 일어나버렸다. 그때 나는 발기에 대해 전혀 몰랐다. 그게 그렇게 단단하게 커질 수도 있다는 건 상상도 못했다. 고등학생이 되어서야 발기에 대해 구체적으로 알게 되었고, 그제야 그 늦은 겨울밤 구가 아프다고 말한 곳이 그곳 아니었을까 뒤늦게 짐작했다.

그 이해의 시차에 대해 구에게 말한 적 있다.

말하며 낄낄 웃다가 신음했다. 단단해진 구의 성기가 미끈한 물고기처럼 내 안으로 들어왔다. 서로에게 서로뿐임을 잘 알면서도, 느긋하게 섹스해도 될 만큼 넉넉한 시공간 속에서도, 우린 자주 조급해했다. 곧 방해받고 갈라질 듯 급박해했다. 간신히 바지만 내린 채 다리를 벌렸고 바로 삽입했다. 옷을 벗기면서 애무하고 몸부림치듯 움직였다. 입술을 찾지 못해 코와 볼을 빨아먹고 자주 이를 부딪쳤다. 비명이 날 만큼 서로를 몰아붙였고 짓눌렀다. 벽과 바닥의 경계도 없고 내 몸과 네 몸의 구분도 없었다.

첫 키스를 하던 그 늦은 겨울밤도, 그 겨울밤을 떠올리며 섹스하던 스물 몇 살의 어느 밤도, 우리가 함께한 그 많은 밤도, 온 우주를 통틀어 우리만 알던 비밀. 그리고 이제는, 나만 아는 비밀.

●

살았을 적에, 살이 빠지면 다리 살부터 빠졌다. 허벅지와 종아리 굵기가 거의 비슷해졌다. 그 다리를 작은 손으로 조물조물 주무르며, 자꾸 이렇게 마르면 속상하다고 담은 입술을 삐죽이곤 했다. 남자는 허벅지가 탱탱해야 한다며 면박을 주기도 했다. 담은 내 허벅지를 베고 눕는 걸 좋아했다. 그렇게 누워 내 배에 코를 박고 쿵쿵거렸다. 내 성기를 혀로 핥기도 했다. 섹스할 때면 내 허벅지에 앉아 두 팔과 두 다리로 내 몸통을 힘껏 껴안았다. 그 체위는 사실 좀 별로였지만, 담의 곧은 몸을, 허리를, 기다란 목이 더 길어지는 것을 바로 볼 수 있어 좋았다. 우리 몸이 얽혀서 하나처럼 보이는 게, 그 몸부림이 짜릿하고도 애처로웠다. 내게 앉아 어린애처럼 좋아하는 담을 보고 있으면 내 몸으로 담을 다 받아내고 싶었다. 그렇게 내 위에서만 살게 하고 싶었다. 운다. 담이 울면서 나를 먹는다. 저것이 눈물인지 핏물인지 진물인지 모르겠다. 저걸 다만 운다고 말할 수 있나. 자기가 지금 울고 있다는 것을 담은 알까. 내가 보고 들고 느끼고 있다는 것을 알까. 죽으면 다 끝인 줄 알았는데, 몸은 저기 저렇게 남아 있고 마음은 여태 내게 달라붙어 있다. 저 무거운 몸을 내가 가져가고 이 마음을 담에게 남길 수 있다면 좋을 텐데. 이 마음도 네가 먹어주면 좋을 텐데. 나도 안다. 맑고도 우스웠던 우리의 첫키스와 그 겨울밤을 떠올리던 또 다른 밤도 나는 다 안다. 너와 다른 우주에서 온전히 기억하고 있어. 여기서 할 수 있는 것이라곤 기억뿐이니까.

　기억이 나의 미래.

　기억은 너.

　너는 나의 미래.

○

열일곱 살이 되자마자 구는 아르바이트를 시작했다. 나는 야간 자율학습을 마친 뒤 바로 구가 일하는 공장으로 가서 구를 기다렸다. 가자마자 구가 나올 때도 있었고, 한 시간 넘게 기다려야 할 때도 있었다.

하지만 기다림은 공장 문 앞이 아니라 구와 헤어질 때부터 시작되었다.

밥을 먹을 때도, 잠을 잘 때도, 학교에 있을 때도 내내 구를 기다렸다. 만날 시간은 분명 정해져 있고, 그때가 아니면 만날 수 없다는 것을 잘 알면서도 내 마음은 항상 대기 중이었다. 오 분, 삼십 분, 한 시간이 아니라 하루 종일 기다리는 심정이었다. 심지어 구와 함께 있을 때에도 구를 기다리는 기분이었고, 구가 나를 기다리고 있을 때에도 내가 구를 기다리는 기분이었다.

사랑한다는 것은 결국 상대를 끝없이 기다린다는 뜻

일까.

　구가 죽어버린 지금도 나는 구를 기다리고 있다.

　구도 나와 같을까.

　그때는 아닌 것 같았다. 구는 너무 바빴다. 새벽에는 시내의 큰 야채가게에서 야채를 받아 정리하는 일을 했다. 낮에는 학교에 가야 했고 저녁부터 밤늦게까지는 공장에서 일했다. 공장에서 만들어낸 물건을 커다란 트럭으로 옮겨 싣거나 내리는 일을 하며 온갖 허드렛일을 도왔다. 주말에는 편의점 두 곳을 돌며 밤낮으로 일했다. 그렇게도 살 수 있을까 싶었지만, 구는 그렇게 살아냈다. 공장 일을 마치고 집으로 돌아가는 이십여 분이 우리에게 주어진 유일한 시간이었다. 많은 밤 나는 공장 철문 앞에 서서 자전거를 끌고 나올 구를 기다렸다. 기다리다 보면 구는 반드시 나타났고 나는 마침내 웃었다. 구는 자전거를 몰고, 나는 구 뒤에 앉아 구의 허리를 꼭 안았다. 힘들어? 라고 물으면 구는 괜찮다고 했다. 워낙 괜찮다는 말을 많이 해서 나는 그 말을 금지어로 만들었다.

　무슨 일이 제일 힘드냐고 물었다. 구는 편의점 일이

가장 내키지 않는다고 했다. 다른 일보다 몸은 덜 쓰는데, 몸을 덜 쓰니까 이런저런 생각이 너무 많이 든다고. 그 생각을 불러오고 장악하는 감정은 대개 불안과 초조였다. 돈을 직접 만지는 것도 싫다고 했다. 손님이 밀려드는 시간에 오줌을 참아가며 물건을 파는 사람은 자기인데, 정산을 하다보면 그 돈은 다 사장님 돈이지 자기 돈은 아니고, 자기 몫은 그중 십 분의 일도 채 안 된다는 생각이 들면 어쩐지 몸도 마음도 뒤틀리는 기분이라고. 무거운 짐을 이고 나르며 몸을 쓰는 일을 할 때는 머릿속이 복잡하지 않아 좋은데, 시간이 너무 빨리 지나가서 걱정이라고 했다.

힘든 일할 때 시간이 빨리 가면 좋잖아.

주저하다가 물었다.

그 속도로 내 삶이 지나가는 중이라고 생각하면 좀…… 무서워.

주저하며 구가 대답했다. 한참 후에 덧붙였다.

그렇게 늙어버리는 거 순간일 것 같아.

주저하면 안 될 것 같아서 바로 대꾸했다.

그렇게 되진 않을 거야. 절대로.

그렇다. 그렇게 늙기 전에 그러다 죽을 수는 있다. 그럴 수도 있다는 것을 이제는 안다.

일이 싫은 건 아닌데 다 덮어놓고 일만 하는 건 싫어. 영영 그렇게 사는 건 싫어.

구 목소리에는 영 기운이 없었다. 그렇게 사는 게 싫다기보다 그렇게 될까봐 두려워하는 것 같았다.

괜찮아. 지금만 그런 걸 거야. 어른이 되면 다를 거야.

괜찮다는 말을 금지어로 만들어놓고, 정작 나는 그 말을 많이 했다.

내가 잘못한 걸까?

그런 확신을 함부로 말해서는 안 되었을까?

하지만 그런 말 말고 무슨 말을 더 할 수 있단 말인가.

구는 세상을 보고 나는 구의 등을 보면서 우리가 나눈 이야기들. 그런 건 싫어. 그렇게 되지는 않을 거야. 그렇게 살고 싶진 않아. 구는 그런 말에 위로를 받았을까? 나는 그렇지 않았다. 불행한 미래 따위 상상할 여지도 겨를도 없었으니까. 구의 몸을 껴안고 그 등에 내 머리를 기대고 있는 그 시간으로 충분했으니까. 다른 위로는 필요하지 않았으니까.

●

우리의 행복.

행복이기에 불행.

노마는 우리보다 여섯 살 어렸다. 학원 끝나면 엄마 아빠를 보러 공장으로 왔다. 집에도 들르지 않고 바로 공장으로 와서 공장 한편의 작은 사무실에 가방을 내려놓고 거기서 숙제도 하고 밥도 먹고 난로에 손도 녹였다. 노마 엄마아빠의 주야간 근무 시간은 겹칠 때도 있었고 반대일 때도 있었다. 공장 어른들은 딱히 노마를 귀여워하거나 챙겨주지는 않았다. 그렇다고 귀찮아하지도 않았다. 그들은 사무실 한구석에 책가방을 부려놓고 고양이처럼 자기만의 세계를 만들고 있는 노마를 스치듯 보며, 학원에 있거나 할머니와 있거나 제 형제끼리 텔레비전을 보고 있을 자기 자식을 떠올렸다. 그들의 마음에는 제각각의 감정이 피어올랐겠지만, 기계 앞에 서면 그 감정을 잊어야 했다. 냉정하게 돌아가는 기계 앞에서는 어떤 감정을 품든 위험하니까. 사고는 순식간에 일어나고 생계는 빠르게 망가지니까.

노마의 엄마아빠는 제 자식이 공장 사람들에게 방해가 될까봐 노마를 오지 못하게 하려고 여러 번 애썼지만 노마는 말을 듣지 않았다. 조용히 있을게요. 가만히 있을게요. 저지레 안 해요. 어른들이 아무 뜻 없이 쳐다볼 때도 노마는 누가 시키기라도 한 것처럼 조용히 말했다.

노마는 공장을 좋아하는 것 같았다. 내 눈에는 그렇게 보였다.

여기가 좋아?

라고 물어본 적이 있다. 노마는 나를 가만히 쳐다보다가 고개를 끄덕였다. 눈치를 보고 취한 행동인 것 같았다. 나는 좀 더 무심한 표정을 지으며, 여기가 왜 좋은데? 라고 다시 물었다. 노마는 한참 뜸을 들이다가 대답했다.

애들이 없잖아.

애들? 무슨 애들. 친구들?

노마는 대꾸 없이 책가방을 열고 문제집을 꺼냈다. 펼쳐진 문제집 오른쪽 귀퉁이마다 자그마한 그림이 그려져 있었다. 책장을 빠르게 넘기면 움직이는 그림이 될 것 같았다. 노마에게 문제집 좀 보자고 말한 뒤 왼손으로 책등을 잡고 오른손 엄지로 책장을 빠르게 훑어 넘겼다.

한 소년이 고개를 숙인 채로 서서히 오른팔을 들어올렸다.

주먹 쥔 손등이 얼굴까지 올라왔다.

주먹을 쥔 채로 중지를 우뚝 세웠다.

소년의 깜찍한 정수리와 머리보다 큰 주먹, 우뚝 솟은 손가락.

마지막 그림을 보고 피식 웃었다. 노마도 입꼬리만 올려 웃었다.

밤늦게까지 노마 부모님이 퇴근을 못할 때에는 내가 노마를 집까지 데려다주었다. 데려다주면서 자전거 타는 법을 가르쳐주었다. 노마는 몇 번 넘어지지도 않고 금세 배웠다. 노마가 자전거를 탈 줄 알게 되고부터는 노마에게 자전거를 맡기고 담과 나는 나란히 걸었다. 때로는 내가 자전거를 손으로 끌고 담과 노마가 손을 잡고 걸었다. 그렇게 걸어갈 때면 어쩐지 자전거도 생명인 것 같았다. 자전거 혼자서도 덜덜덜 굴러갈 것만 같았다. 정말 그럴까 싶어 자전거를 놓아보기도 했다. 자전거는 즉시 옆으로 쓰러졌다. 그짓을 며칠에 한 번씩 했다. 자전거는 매번 넘어졌고 우리는 바보처럼 웃었다.

노마는 새 문제집을 살 때마다 책 모퉁이에 움직이는 그림을 그렸다. 나는 노마가 문제집을 얼른 다 풀기를 기다렸다. 두 개의 눈이 점점 기이한 모양으로 바뀌더니 '뭘 봐'라는 글자가 되면서 끝나는 그림. 선물상자의 리본이 풀리고 뚜껑이 열리면서 돌돌 말린 똥이 솟아오르는 그림. 해와 달과 별이 만나 시침과 분침과 초침이 되더니 그 시계가 촛농처럼 녹아 사라지는 그림, 귓구멍을 열심히 파니까 똥도 나오고 칼도 나오고 꽃도 나오더니 마지막에 다이아몬드가 툭 튀어나오는 그림 등이 기억에 남는다. 남자와 여자와 소년과 자전거가 점점 멀어지며 작아지더니 네 개의 별이 되는 그림도.

함께 걷는 밤길은 고요하고도 따뜻했다. 담이와 걸을

때도 좋았지만 우리 사이에 노마가 있으면 묘한 안정
감이 더해졌다. 긴장은 잦아들고 이상하게도, 보호받는
기분이었다. 서로가 서로를 보호하는 기분. 어두운 밤
이 그런 우리를 감싸안는 느낌. 함께 있는 것만으로도
착해지는 것 같았다. 함께 걸으며 여름에는 아이스크림
을 하나씩 사 먹고 겨울에는 붕어빵을 사 먹었다. 봄과
가을에는 꽃과 단풍과 밤바람에 들떠서 무엇을 사 먹
을 생각도 못했다. 노마가 집에 들어가 문 잠그는 소리
까지 듣고, 담을 들여보내며 내일 보자 인사하고, 집에
돌아와 대충 씻고 누우면 일어나야 할 시간까지 네다섯
시간쯤 남아 있곤 했다. 몸은 고되고 앞날은 곤죽 같아
도, 마음 한구석에 영영 변질되지 않을 따뜻한 밥 한 덩
이를 품은 느낌이었다.

넌 이담에 뭐가 될래?
스스로 겁내던 질문을 노마에게 한 적이 있다.
형은 이담에 뭐가 될래?
노마는 똑똑하게 되물었다.
너 먼저 말해봐.

비겁하게, 나는 대답을 미뤘다.

난 이담에 좋은 아빠가 될 거야.

노마의 대답이었다.

좋은 아빠?

응. 울트라 캡숑 아빠.

어떤 아빠가 울트라 캡숑인데?

노마는 자신만만한 표정으로 대답했다.

울트라 캡숑 남편이 울트라 캡숑 아빠지.

엄마가 그랬어?

내 물음에 노마는 자기 가방 속을 뒤지며 딴청을 피웠다.

노마는 울트라 캡숑이었다.

○

　그날 노마는 자전거를 타고, 나와 구는 나란히 걸었다.
　자전거 핸들을 양옆으로 흔들고 페달을 앞뒤로 굴리
면서 노마는 우리 걸음과 속도를 맞췄다. 겨울밤이라
손발 끝과 얼굴이 무척 시렸다. 노마는 일 년 사이 한
뼘이나 키가 자랐다. 구와 나는 거의 그대로였다. 노마
가 새 문제집을 샀다고 했다. 겨울방학 숙제로 다 풀어
야 한다고 했다. 문제집에 그리는 그림 때문에 선생님
한테 맞았다고 했다. 그림을 또 그리긴 그릴 건데 그건
구와 나에게만 보여주고 개학하기 전에 다 지워버릴 거
라고 했다. 지워질 그림을 생각하니 아깝고 속상했다.
어떤 그림을 그릴 거냐고 물었더니 어차피 지울 거니까
이번에는 야한 그림을 그려볼 생각이라고 대답했다. 노
마가 생각하는 야함이란 어느 정도일까 궁금했지만 곧
내 머릿속의 야함과 별로 다르지는 않으리란 생각이 들
었다.

　누나랑 형은 언제부터 좋아했어? 노마가 물었다. 너

보다 어릴 때라고 나는 대답했다. 어떻게 친해졌어? 그냥 자연스럽게 친해졌어. 자연스럽게 어떻게? 노마가 속도를 너무 줄여 자전거가 오른쪽으로 휘청거렸다. 나만 놀라고 구와 노마는 놀라지 않았다. 내가 끌고 갈까? 구가 노마에게 물었지만 노마는 자전거에서 내리지 않았다. 중학생 되면 아빠가 자전거 사준다고 했는데. 노마가 혼자 중얼거렸다. 중학생이 되면 남자애들은 대부분 자전거를 타고 등하교를 했다. 집이 아무리 가까이 있어도 그랬다. 운동장 한구석에 자전거 몇백 대가 오선지의 빽빽한 음표처럼 세워져 있곤 했다. 자전거 생기면 그거 타고 멀리까지 나갈 거야. 바다 있는 데까지 갈 거야. 노마가 덧붙였다. 그런 건 나중에 좀 더 크면 하라고 구가 충고했다.

근데 어떻게 하면 자연스럽게 친해져? 노마가 다시 물었다. 네가 누군가를 좋아하면 그 누군가도 네 마음을 모를 리 없다고 말해줄까 하다가 그만두었다. 형이랑 누나는 사귀는 거 맞지? 노마가 물었다. 구와 나는 애매하게 웃었다. 우리는 사귄다는 단어를 채우고도 그

단어가 보이지 않을 만큼 넘쳐흐르는 관계였다. 우리 반에도 사귀는 애들 있어. 노마가 말했다. 나는 구와 나를 짓궂게 놀리던 그 시절의 아이들을 떠올렸다. 그중 한 남자아이에게는 졸업 후에도 종종 연락이 왔다. 근데 걔들 사귀는 거 보면 좀 유치해. 자전거가 이번에는 왼쪽으로 휘청 쏠렸다. 넘어지려는 자전거 핸들을 구가 잡았다. 그래서 너는 누구랑 유치해지고 싶은데? 구가 놀리듯 물었다. 노마의 표정이 갑자기 진지해졌다. 그런 건 아니고 그냥 나한테 친절하면 좋겠어. 구와 내가 핸들을 한쪽씩 잡고 노마는 두 손을 늘어뜨린 채 페달만 돌렸다. 그럼 나도 잘 대해줄 수 있잖아. 노마는 첫사랑에 빠져 있었다.

붕어빵을 파는 포장마차가 보였다. 우리는 대체로 마감할 즈음 그곳에 들렀다. 그럼 덤으로 남는 붕어빵을 다 줄 때도 있었고, 붕어빵이 아예 없을 때도 있었다. 포장마차가 보이면 우리는 붕어빵이 몇 개나 남아 있을까 내기를 하곤 했다. 세 개. 노마가 말했다. 나도. 구가 말했다. 오늘은 없을 것 같아. 내가 말했다.

붕어빵은 없었다. 대신 어묵이 몇 꼬치 남아 있었다. 내일은 꼭 붕어빵 먹고 싶다. 많이 먹고 싶다. 어묵을 먹으며 노마가 중얼거렸다. 구가 어묵 국물을 컵에 떠서 노마에게 주었다. 나는 휴지를 뜯어 노마 입을 닦아 주었다. 고마워. 노마가 말했다. 고맙다는 말이 무척 새삼스럽게 여겨졌다. 계산을 하고 포장마차를 나오며 나는 구의 손에 묻은 간장을 입으로 쪽쪽 빨았다. 구가 쑥스럽게 웃었다. 우리는 서로를 보며 몇 마디 주고받았다. 분명 시시껄렁한 농담이었을 것이다. 노마는 그런 우리를 돌아보며 자전거 페달에 왼발을 얹고 오른발을 안장 너머로 올리며 주욱 미끄러져 나갔다. 그랬을 것이다. 그리고 이 세계에 굵은 금이 가는 소리가 들렸고 노마가 붕 날았고 금을 넘어 저 멀리 떨어졌다.

일 년 사이 한 뼘이나 키가 자랐지만 그래도 노마는 너무 작았다. 작아서 커다란 트럭에서는 잘 보이지도 않았고 가벼워서 아주 멀리까지 날아가버렸다. 어묵을 좀 더 천천히 먹었어야 했나. 붕어빵이 없을 때 그냥 갔어야 했나. 붕어빵이 왜 없었지. 붕어빵이 있었다면 사고가 나지 않았을 텐데. 자전거를 노마에게 맡기지 말았어야 했나. 자전거 타는 방법을 가르쳐주지 말았어야 했나. 뭘 어떻게 했어야 했나. 노마는 죽지 않을 수도 있었고 노마는 그렇게 죽기에는 너무 어렸고 노마는 죽지 않는 게 훨씬 자연스러운데 그런데도 왜 죽었을까. 노마의 죽음을 제일 가까운 곳에서 목격하고도 오랫동안 스스로에게 그런 질문을 던져야 했다. 다른 이유가 필요했다. 갓길 없는 이차선 도로에서 트럭이 팔십 킬로미터로 달렸고 따로 인도가 없었고 주변이 어두웠고 한겨울이라 길이 얼어 미끄러웠고 늦은 시간이라 트럭 기사는 피곤했고 노마가 너무 작고 가벼웠다는 그런 논리적인 이유가 아니라, 어째서 그때 트럭이 달려왔고 우리는 시시껄렁한 농담을 던졌고 노마는 자전거를 탔는지,

왜 노마인지,

어째서 죽어야 했는지,

신만이 대답해줄 수 있는 그런 이유가.

○

이제는 만났을까. 새 문제집 한 귀퉁이에 그린 노마
의 야한 그림을 구는 보았을까. 나만 빼고 둘이 그것을
보며 피식 웃고 있을까. 죽으면 정말 만날 수 있나. 그
렇다면 나는 얼마든지 죽겠다. 작년에 구는 더 시골로
들어가자고 했다. 경찰도 공무원도 CCTV도 없는 산골
로 들어가자고. 우리는 번개 맞아 죽은 고목 같은 집에
서 까만 청설모처럼 살아야 한다고. 지상으로는 최대한
내려오지 말고 고목 안 고목 위에서만 살면 아무도 우
리가 사람인 줄 모를 거라고. 나는 사람이 무엇인가 생
각했다. 사람 대접 받으려고 안간힘 쓰던 날을 생각했
다. 이제 구는 사람이기를 아예 포기하려 하는구나. 사
람보다 고목이나 청설모가 되려고 하는구나. 그래 그
게 낫겠다. 사람 대접 받겠다고 평생을 싸우느니 그냥
이쯤에서 청설모가 되는 게 나을 수도 있겠다고 생각
했다. 나는 기꺼이 그러자고 했다. 사람 말고 다른 것이
되자고 했다. 그때에도 우린 시골에 있었다. 중앙에 꽂
힌 작은 도시를 수십 개의 읍과 면이 에워싼 지역이었

다. 우리는 작은 여관에 월세를 주고 살면서 이력서나 신분증이 필요 없는 일을 했다. 대개가 일당을 받는 일이었고, 우리는 그 일당에서 단 돈 천 원이라도 남겨 손바닥만 한 손지갑에 넣어두려고 애썼다. 그 지갑은 내가 들고 다녔다. 구는 그때에도 언제 어떻게 사라져버릴지, 잡혀갈지 알 수 없는 처지였다. 구의 주머니에는 지갑이나 핸드폰 대신 돌멩이 같은 주먹이 들어 있었다. 열예닐곱 살 때부터 매일 짐을 이고 나른 구의 팔근육은 마르고 팽팽하여 근사했다. 솜씨 좋게 깎아놓은 연필 같았다. 그 시절, 내 손을 꼭 쥐고 나의 방향을 가늠해주던 구의 손과 팔. 그것을 뜯어먹으며 나는 절반쯤 미쳤다. 완전히 미치지는 않기 위해 나를 때리며 먹었다. 내 볼을, 눈을, 내 사지를 때렸다. 내가 무엇을 먹고 있는지 똑똑히 보기 위해서. 잊지 않기 위해서.

○

　노마를 잃은 뒤 우리는 한동안 서로를 피했다.

　만나면, 서로의 눈도 제대로 보지 못했다. 웃을 수
도 울 수도, 어떤 말도 할 수 없었다. 구의 마음에도
나와 같은 구멍이 파여 있었다. 그 구멍을 아는 척할
수도 위로할 수도 없었다. 그저 지켜보고만 있기도 힘
들었다.

　함께 있을 때는 아무것도 할 수 없었다.

　사람들은, 힘든 일이 있을수록 서로를 보살피고 위로
하며 함께 이겨내야 한다고 했지만, 우리는 그럴 수 없
었다. 노마가 우리 앞에서 죽었다. 그건 힘든 일이 아니
었다. 힘들다는 단어를 쓸 수는 없었다.

　구도 얼마나 힘들겠나.

　이모가 구 얘기를 꺼냈을 때,

　너 아니면 걔 마음을 누가 알아주겠나.

　하고 덧붙였을 때, 그래서 나는 구를 만날 수가 없
다고 생각했다. 구를 보면 내가 보이고 노마가 보였다.
구 역시 그럴 것이었다. 구가 나를 보며 괴로워하는 모

습을 보고 싶지 않았다. 구에게 괴로움이 되고 싶진 않았다.

시간이 필요하다고 생각했다.

눈을 떠도 감아도 눈앞에서 무한 반복되는 그날의 사고가 어느 정도 흐릿해질 만큼의 시간, 지속적인 악몽이 드문 악몽이 될 때까지의 시간이. 그만큼의 시간이 지나고 나면 다시 공장 앞에서 북극성을 찾으며 구를 기다리게 되리라고 믿었다. 구와 나니까. 우린 헤어질 수 없는 사이니까. 내게는 그런 확신이 있었다. 생각에 생각을 거듭하여 내린 확신이 아니었다. 어린 시절의 어느 날 자연스럽게 깨달은 거였다. 너와 나는 죽을 때까지 함께하겠네. 함께 있지 않더라도 함께하겠네. 어린 날 대부분의 시간을 함께 보내면서 우리는 같은 것을 보고 듣고 비슷한 감정을 공유했다. 나쁜 짓도 좋은 짓도 부끄러운 짓도 같이 했다. 그러는 동안 우리 마음에는 비슷한 공간이 만들어졌고, 떨어져 있을 때에도 그것은 같은 울림을 만들어냈다.

처음 만났을 때, 구와 나는 다른 조각으로 떨어져 있

었다.

함께하던 어느 날 구와 나 사이에 끈기 있고 질펀한 감정 한 방울이 뚝 떨어졌다. 우리의 모난 부분을 메워주는 퍼즐처럼, 뼈와 뼈 사이의 연골처럼, 그것은 아주 서서히 자라며 구와 나의 모나고 모자란 부분에 제 몸을 맞춰가다 어느 날 딱 맞아떨어지게 된 것이다. 딱 맞아떨어지며 그런 소리를 낸 것이다.

너와 나는 죽을 때까지 함께하겠네.

함께 있지 않더라도 함께하겠네.

그것을 뭐라고 불러야 할까. 다만 사랑이라고 할 수는 없지만 사랑에 가장 가까운 감정. 우리 몸에도 마음에도 그것이 들러붙어 있었고 그것은 죽어서도 사라지지 않을 것이었다.

얼마간은 그런 확신으로 구를 기다렸다.

또 얼마간은 이모 말을 따라하며 구를 기다렸다.

지나면 그뿐.

지나면 그뿐.

얼마간이 점점 길어지면서, 나는 결국 무엇이 지나가
길 기다리는지도 모르게 되었다.

구를 기다리는 시간인지, 구인지.

●

진주 누나는 나를 '어린놈'이라고 불렀다.

어린놈이 무슨 일을 그렇게 해. 엄마아빠가 돈 안 줘? 뭔데. 등록금이라도 모으는 거야? 공부는 언제 해? 대학 갈 성적은 돼? 알았어. 먹어. 먹고 가. 먹으라니까. 고사 지내고 남은 거야. 안에서도 다들 먹고 있어. 집에 가봤자 빈속으로 잘 거 아냐. 몸으로 일하는 사람은 속이 비도록 두면 안 돼. 그러다 망가진 사람들 내가 한둘 본 줄 알아? 술 좀 줄까? 술 마실 줄은 알지?

플라스틱 박스 위에 족발과 김치를 담은 접시를 올려두고 누나는 다른 박스를 끌어와 앉았다. 안 먹는다는 말조차 하기가 싫었다. 노마가 그렇게 된 이후 나는 꼭 필요할 때 빼고는 거의 입을 닫고 살았다. 모두들 그런 나를 그냥 내버려두는 편이었는데, 누나는 나를 내버려두지 않았다. 자꾸 말을 걸고, 간섭하고, 먹으라고 강요했다.

어린놈이 벌써부터 그렇게 세상 다 산 노인네처럼 입 닫고 귀 닫고 표정 싹 지우고 살면 어쩌자는 거야. 공부는 좀 해? 반에서 몇 등이나 해? 공부는 아주 손놨어? 그건 아니지? 너, 전문대라도 가야 된다. 아니면 직업학교라도 가야지. 아, 앉아봐. 다 너 잘되라고 하는 소리야. 너한테 이런 얘기 해주는 사람 나 말고 또 있냐? 너네 부모님이라고 이런 말 해줘? 아니잖아. 부모님도 지금 자기 앞가림하기 바쁜 거잖아. 그러니까 내일모레 수능 칠 놈이 여기서 이러고 있지. 아니야?

잔소리를 늘어놓을 때 누나 손에는 늘 무언가가 들려 있었다. 김밥. 햄버거. 우유. 찐빵. 만두. 주먹밥. 식혜. 홍삼 엑기스. 양파즙. 처음 몇 번은 먹지 않았다. 누나는 그것을 벗어둔 내 옷이나 가방 위에 놓아두고 갔다.

버릴 수 없어서, 퇴근하기 전에 제대로 씹지도 않고 꿀꺽꿀꺽 삼키길 몇 차례.

어차피 먹을 거, 식기 전에 먹으면 좀 좋아? 멀리서 지켜보던 누나가 간섭하길 며칠.

결국 누나가 음식을 들고 오면 잔소리를 들어가며 그

자리에서 묵묵히 다 먹게 되었다.

그러다 습관처럼 누나가 나타나길 기다리게 되었고,

마침내는 누나가 끓여주는 찌개를 밤마다 먹게 되었다.

실은 내가 봤거든.

누나가 김치찌개에 찬밥을 말아주며 말했다.

그 일 있고부터는 너 퇴근할 때마다 봤는데. 공장 문만 나서면 엉엉 울면서 집에 가대. 얼굴이 번들번들해지도록 울고 또 울대. 어린놈이 꼬챙이처럼 말라가는 것도 보기 싫고. 다 보기 싫고 거슬려서 야단이라도 치려고 그랬는데.

그랬다. 그런 일이 있었고, 우리 중 가장 어린 노마가 죽었다. 노마가 죽었는데도 누군가가 나를 불쌍하다고 생각한다는 게 싫었다. 나를 걱정한다는 게 불편했다. 죄를 짓는 것 같았다.

매일 너 기다리던 여자애는 요즘 통 안 보이던데. 걔는 좀 어때? 처음에는 둘이 남매인 줄 알았는데. 둘이 좋아하는 사이지?

숟가락을 내려놓았다.

먹어. 마저 먹어. 먹어도 돼. 말 안 할게.

누나가 내 손에 다시 숟가락을 쥐여주었다. 담이 생각을 하고 싶지 않았다. 담을 걱정하고 싶지 않았다. 담이와 걷고 싶었다. 담이와 걷는 게 겁났다. 담을 만나고 싶었다. 담을 영영 보고 싶지 않았다. 담이 앞에서는 어떤 표정도 지을 수가 없었다. 하지만 내가 다시 운다면 그건 담이 앞이어야 한다. 다시 웃어도 그건 담이 앞이어야 한다. 이 여자 앞은 아니다.

아니라고 생각했다. 그래서 웃지도 울지도 대꾸하지도 않는 나를 누나는 끈질기게 간섭했다. 누나는 자기가 이제 겨우 서른을 넘었다고 했다. 그런데 이미 결혼도 하고 이혼도 했다고 했다. 자식도 있다고 했다. 자식은 아들인데 남편이 데려갔고, 결혼하고 이혼하는 동안 부모님과도 사이가 멀어졌다고. 누나는 돈을 벌어서 아들을 데려올 꿈 같은 건 꾸지 않는다고 했다. 대신 아들이 나중에 대학에 간다거나 유학을 간다거나 결혼을 한다거나 해서 목돈이 필요할 때, 그때 한몫 쥐여주고 싶은 마음은 있다고 했다. 노마를 보면서 자기 아들 생각을 많이 했다고 했다. 노마 이야기라면 듣고 싶지 않았다. 하지만 그냥 들었다. 듣고 있자니 울고 싶었다. 하지만 참았다. 참아야 하는 것이 많았다. 나는 많은 감정을 참고 살았다. 누나는 내가 참고 있는 것들을 물음표의 꼬챙이로 거듭 낚았다. 너는 앞으로 어떻게 살 거냐고 물었다. 나는 그 질문에 대한 답조차 참고 살았다. 그 질문이 불러오는 온갖 감정을 참고 살았다. 계획을 세우는 것조차 버거웠다. 머릿속으로 계획을 세울 때에도 딱딱한 돈 무덤에 걸려 넘어졌다. 미래에 대한 내 근육은 한없이 느슨하고 무기력했다. 나의 미래는 오래전에 개봉한 맥주였다. 향과 알코올과 탄산이 다 날아간 미적지근한 그 병에 뚜껑만 다시 닫아놓고서 남에게나 나에게나 새것이라고 우겨대는 것 같았다. 영영 이렇게 살게 될까봐 겁이 난다고, 담에게 말한 적이 있었다. 절대 그렇게 되지는 않을 거라고 담은 말해줬었다. 그런 말도 무언가를 참는 것이었다. 참으며 말하거나 참으며 듣거나. 참게 되거나 참게 하거나. 집에 빚이 많아요. 엄마아빠는 그거 갚느라 정신없어요. 그거 갚겠다고 또

빚지고 또 망해요. 담이 아닌 누군가에게 그렇게 무방비로 말해보기는 처음이었다. 어쩌다 빚을 지게 되었느냐고 누나가 물었다. 몰라요. 눈 떠보니까 그렇게 됐어요.

그런 뻔한 대꾸 말고, 그 순간 정말 하고 싶은 말이 있었다.

그때 마침 누나가 내 앞에 있었다. 아니, 누나가 내 앞에 있어서 그러고 싶어졌는지도 모르겠다. 참기 싫다고. 참는 게, 싫어졌다고. 나한테 묻지 말라고. 내가 뭘 알겠느냐고. 난 정말 열심히 살고 있다고. 근데 여긴 열심히 사는 게 정답이 아닌 세상 아니냐고. 나보다 오래 살았지만 어른 같지는 않은 누나에게, 소리를 지르며 화를 내버렸다.

○

또래 친구들은 입시 준비 중이었다. 고등학교를 다니는 이유는 대학에 가기 위해서 아니냐고 사람들은 말했다. 나는 그런 생각 없이 고등학교에 진학했다. 성적은 그저 그랬다. 선생님은 내가 어느 대학에 가든 신경쓰지 않았고, 이모는 대학에 꼭 갈 필요는 없지만 아무래도 가는 게 좋지 않겠느냐고 말했다. 대학 진학은 나의 선택 문제였고, 대학에 가든 가지 않든 좋지 않은 선택인 것만 같아서, 그것을 과연 선택해야 하는가, 선택이라 말할 수 있는가 하는 의문이 들었다. 대학에 간다면 이 년에서 사 년 정도의 시간 동안 취업에 필요한 각종 자격증과 졸업장을 만들면서 학비를 벌어야 할 것이었다. 그런데, 그러고 나면 그럴듯한 직장에 들어갈 수 있을까? 대학. 어학연수. 학점. 토익. 자격증. 스펙. 인턴. 대학원. 석사. 박사. 이십대가 되면 다들 한다는 그런 것들이 아주 머나먼 나라의 이야기처럼 들렸다. 입시로 시작한 이야기는 늘 취업으로 끝났다. 어떻게 하면, 어느 길로 가면 빨리 돈을 벌 수 있느냐의 문제. 빨리, 안

정적으로 벌 수 있는가의 문제. 대부분 그 답을 찾고 있었다. 같은 나이의 친구에게, 네가 아직 세상을 모른다는 말을 들었다. 그건 아니고, 그건 힘들고, 그건 말이 안 되고, 그게 말처럼 쉬운 게 아니고, 대부분의 문장이 그렇게 시작되거나 끝났다. 그들의 얘기를 듣는 것만으로도 깊은 무력감에 빠졌다. 아직 아무것도 시작하지 않았는데도 실패는 예정되어 있는 것 같고, 할 수 있는 일은 정해져 있는 것 같고, 그래서 이미 진 것 같았다.

그런 이야기를 듣고 있노라면 잠깐씩 노마와 구를 잊을 수 있었다.

노마와 구에 상관없이도 나는 불행해졌다.

기이했다.

노마가 죽었는데, 노마의 죽음을 망각하고도 불행해진다는 것이.

구를 만나지 못하고 있는데, 그것과 별개로 불행감에 빠질 수 있다는 것이.

대신, 이모 생각을 많이 했다.

이모는 언제까지 일을 하며 내게 사랑을 표현해야 하는가. 내가 짐짝처럼 느껴졌다. 나의 미래를 돈에 연결시키니 그런 결과가 나왔다.

이모 돈 벌기 힘들지.

그렇지.

미안해.

뭐냐. 그 뜬금없는 사과는.

이모, 나 간호사가 될까. 간호사 되면 일찍 돈 벌 수 있대.

그래봤자 앞으로 삼사 년은 더 있어야 하잖아.

그렇지. 그럼 나 대학 가지 말까.

니가 대학에 가든 안 가든 나는 적어도 이십 년은 더 일해야 해.

어째서?

그럼 놀고먹냐.

덜 힘든 일을 할 수도 있잖아.

남의 돈 벌어오는 일은 다 힘들어. 안 힘든 일이 어딨어.

미안해.

니가 왜 미안하냐.

이모 힘들게 해서.

담아.

응.

나는 이 나이 되어서 부모도 서방도 자식도 없는데 니가 있어서 참 다행이다.

효도할게. 내가.

동남아 보내주고?

응.

제주도도 보내주고?

응.

등산복도 사주고?

응, 그래야지.

……구는 앞으로 어찌 살 건지 모르겠다. 빚이나 떠안지 말아야 될 텐데.

…….

걱정되지?

…….

그 마음이 제일 중요한 거야. 그 마음을 까먹으면

안 돼.

걱정하는 마음?

응. 그게 있어야 세상에 흉한 짓 안 하고 산다.

내 마음엔 지금 그게 너무 많은데. 근데 그게 뒤죽박죽이야. 이모 걱정. 구 걱정. 내 걱정. 우리 모두의 미래 걱정. 온통 걱정뿐이야. 그래서 세상이 완전 흉하게 보여.

담아.

응.

니 걱정은 내가 한다.

…….

밥이나 먹자. 그놈이 밥은 잘 먹고 다니는지 걱정이네.

……밥도 못 먹고 다닐까봐.

잘 먹어야지, 잘.

나도 구가 걱정되었다. 구가 나를 기다리고 있을 것만 같았다. 몸은 건강한지 확인이라도 하고 싶었다. 걱정하는 마음, 그 마음이 점점 커져서, 내가 내 상처를 겁내는 마음을 가려버렸다. 불행이 또 다른 불행을 가려버리듯.

●

　누나의 방은 작지만 따뜻했다. 다세대 건물 이층이었
다. 그 방에서 김치찌개나 동태찌개를 먹으며 누나와
소주를 마셨다. 각자 한 병씩 따라 마셨다. 텔레비전도
라디오도 없는 방인데다 늘 깊은 밤이어서 거의 고요했
는데, 아주 가끔씩 다른 방에서 남녀가 싸우는 소리나
목청껏 유행가를 따라 부르는 소리가 들렸다. 누나 방
에 들르기 시작하고 얼마 안 되었을 때, 새벽 두 시 반
쯤 오토바이 한 대가 골목 저 끝에서부터 달달달 다가
오는 소리가 들렸다. 야식 배달원이거나 신문 배달원이
려니 짐작했다. 오토바이 소리가 점점 가까워지면서 노
랫소리도 들렸다. 멋진 목소리였다. 귀 기울여보니 한
국 노래도 팝송도 아닌 것 같았다. 저 사람은 늘 저 노
래만 불러. 누나가 말했다. 매일 비슷한 시간에 오토바
이를 타고 골목을 지나가며 같은 노래를 부른다고. 자
주 듣다보니 누나도 멜로디를 외워버렸다고. 이름도 얼
굴도 모르는 사람인데, 늘 들리던 시간에 노랫소리가
들리지 않으면 괜히 걱정되고, 다음날 다시 노랫소리가

구의 증명

들리면 안심된다고. 그리고 혼잣말처럼 덧붙였다. 저 사람은 아마 상상도 못하겠지. 자기랑 아무 관계없는 어떤 여자가 매일 자기 안부를 궁금해한다는 걸.

누나와 술을 마시다가 그냥 잠들어버려서 새벽에 바로 시장으로 일하러 가는 날이 잦아졌다. 처음 얼마간은 소주 한 병을 다 마시면 누나 방에서 미련 없이 나왔었다. 잠은 어떻게든 집에 가서 자려고 했는데…… 술과 피곤에 취한 채 걷고 걸어 집 앞까지 간 어느 날, 부모님 방에 불이 켜져 있는 걸 봤다. 그 시간에는 대개 집이 통째로 깜깜했는데 그날따라 집이 환했다. 환한 그 창을 보는데, 들어가기가 싫었다.

내가 돈을 벌기 시작하자 아버지는 가끔 소주를 권했다. 그 술을 받아 마신 적은 없었다. 아버지가 주는 술을 마신다는 것이…… 수긍의 악수처럼 느껴졌다. 당신이 내게 넘기는 짐을 잘 받겠다는 악수. 당신을 이해한다는 악수. 부모님에게 대놓고 반항한 적은 없었다. 아쉬운 소리나 원망을 해본 적도 없었다. 일을 해야 하면 일을 했고, 돈이 필요하다면 돈을 벌어서 드렸다. 부모님에게 책임을 물을 수도 없었다. 두 분이 게으르게 살지 않았다는 것을 나는 누구보다 잘 알았다. 하지만, 부모님을 원망하지 않는다는 말과 부모님을 이해한다는 말이 같은 뜻은 아니었기에, 아버지와 악수를 하고 싶지는 않았다. 아버지가 주는 술을 넙죽넙죽 받아 마시며 아버지 힘드시죠,라는 눈빛을 건네고 싶진 않았다. 원망하지도 않지만 이해하지도 않는 선. 그 선을 지키는 것이 내가 부모님에게 할 수 있는 최선이었다.

불 켜진 부모님의 방을 보며 집 앞을 서성이다가 다시 누나 방으로 갔다. 그날 그 방에서 처음으로 누나와 섹스했다. 단조로운 섹스였다. 각자의 소주를 각자 따라 마시듯 각자 옷을 벗었다. 누나는 누운 채 다리를 벌렸고 나는 누나의 성기를 잠시 내려다보다가 삽입했다. 운동하듯 하체를 움직였고 누나의 가슴을 몇 번 움켜잡았고, 금세 사정했다. 그리고 바로 잠들었다. 새벽에 잠깐 눈을 떴는데, 곧 출근해야 할 시간이었다. 누나가 전날 만들어놓은 콩나물국에 계란 노른자를 풀고 찬밥을 말아줬다. 그것을 받아 우물우물 씹어 먹고 방을 나왔다. 새벽에 출근하면서 따뜻한 국물로 속을 채우긴 처음이었다. 그 따뜻함이 좋으면서도 부담스러웠다.

누나는 내게 왜 다가온 것일까 생각해보지 않은 것은 아니었다. 왜 내게 밥을 주고 내 사연을 듣고 내 성격을 다 받아주는지, 왜 나와 자는지 누나 입장에서 생각해보려고 했었다. 보기 싫어서. 보기 싫고 거슬려서 야단이라도 치려고. 누나는 그렇게 말했는데, 그게 진짜 이유가 아니란 것쯤은 알 수 있었다. 모나지 않은 성격에 붙임성이 좋은데다 몸매도 아담하고 예뻐서 같이 일하는 사람들 중에도 누나에게 관심을 보이는 남자가 몇 있었다. 주임이 누나에게 종종 소개팅 얘기를 꺼내기도 했고, 실제로 그런 소개팅에 나가기도 했다. 그런데 나는 왜 이러고 있느냐. 나는 왜 밤마다 누나 방으로 가서 누나가 주는 밥을 먹고 누나 몸에 내 자지를 넣느냐. 누나에게 입으로 해달라고 요구하고 애처럼 칭얼대며 씻겨달라고 하느냐. 누나에게 하소연하고 누나를 원망하느냐. 이전에도 집을 좋아하지는 않았지만, 누나 방에 드나들게 되면서 집에 더 가기 싫어졌다. 세상에 대한 화가 없었던 것은 아니지만 누나를 만나면서 그 화가 더 격렬해졌다. 그러니 나는 누나 마음보다 내 마음부터 알아야 했다.

내 마음…… 내 마음은 담이 잘 알지. 잘 알고 짚어주지. 담을 생각하자 속이 덜컥 내려앉았다. 마음을 간신히 붙잡고 있던 거중기가 고장 난 것 같았다. 담은 내 마음에 다른 여자가 들어와 있다는 것을 알고 있을지도 모른다. 내 마음에…… 누나가 들어왔나? 담은 나의 가족과 친구에 대해서도, 나의 지난날과 나의 어둠에 대해서도, 그리고 노마에 대해서도 잘 안다. 잘 아는 것을 넘어 우리는 그것들을 함께 겪었다. 그래서다. 그래서 담을 만나기 겁났다. 담이 왜 내게 다가왔는지 생각해본 적은 없었다. 담이 다가왔는지 내가 다가갔는지에 대해서도 생각해본 적 없었다. 우리 사이에는 '왜'가 끼어들 자리가 없었다. 하지만 누나와 함께 있을 때면 나는 가끔 허공에 대고 물었다. 왜, 대체 왜. 당신과 내가 어째서. 남녀가 만나는데 타이밍 말고 무슨 이유가 더 있느냐고 누나는 말했다. 그랬다. 우리는 남녀 사이였다. 담과 나보다 누나와 나 사이가 그런 정의에 훨씬 어울렸다. 그래서 더 혼란스러웠다. 이유가 필요했는데, 이유가 필요하다면, 그게 과연 사랑일까.

담을 생각하면 괴로웠다. 부모님을 마주해도 괴로웠다. 나의 앞날을 생각해도 괴로웠다. 괴로우면 누나를 찾았다. 이러면 안 된다는 생각을 하면서 누나 방으로 가고, 이젠 이러지 말자는 다짐을 하며 누나 방을 나서는 날이 차곡차곡 쌓여갔다.

○

　구의 몸에 칼을 댈 수는 없었다. 불을 댈 수도 없었
다. 구의 몸으로 요리를 할 수도 없었다. 죽었더라도 구
의 몸이다. 오래된 백설기처럼 변해가고 있지만 분명
구다. 살았을 적에 기대고 만지고 안기고 안고 핥고 빨
던 몸이었다. 아름다움에 대해 생각한다. 구의 몸은 작
고 말라서 아름다웠다. 우리 삶은 아름답지만은 않았
다. 그러니 분명 아름다운 순간도 있었다. 아름다움은
우리가 함께일 때 가능했다. 구에 대한 모든 것은 나도
알고 있어야 하며 내가 모르는 것은 그 누구도 알아서
는 안 된다는 욕심. 내가 이해하지 못하는 감정을 구 혼
자서만 품고 있는 것이 싫었다. 마음에서 나를 잠시라
도 지우는 것을 견딜 수 없었다. 구의 기쁨과 환희, 우
울과 절망에도 내가 있어야 했다. 그 욕심은 오직 구만
을 향했다. 담아. 우리를 기억해줄 사람은 없어. 우리가
우리를 기억해야 해. 스물세 살 봄의 언저리였을 것이
다. 구가 일회용 카메라를 손에 쥐고 말했다. 그때 처음
으로 함께 사진을 찍었다. 네모난 종이에 우리 두 사람

의 얼굴이 나란히 담겼다. 그 사진을 부적처럼 가지고 다녔다. 나를 기억해주는 사람, 우리를 기억하는 사람, 그 사람이 내 옆에 있다는 사실이 정말 좋았다. 소중했다. 함께이기에 마음의 그늘이 지금보다 연했던 그때, 비슷한 빛깔의 감정을 속삭이며 같은 곳을 바라보던 우리는 밤마다 밤꽃 향기에 취해 있었다. 구의 몸이 자꾸 너덜너덜해지는 것을 견딜 수 없어서 살점 하나 남기지 않고 먹으려 했다. 그의 몸을 물어뜯으면서, 불에 태웠어야 했나, 바다에 뿌렸어야 했나, 그랬어야 했나, 수백 수천 번 후회했다. 하지만 돌이킬 수 없었다. 나는 그러기로 마음먹었고, 법도 총도 신도 지금의 나를 막을 수 없다. 구뿐이다. 구만이 나를 막을 수 있다. 꿈에라도 나타나 내게 무슨 말이든 해준다면…… 그만두라고 하든 계속하라고 하든 그저 바라만 보든, 뭐라도 해준다면. 세상의 잣대로 보자면 나는 미친년이다. 사이코패스다. 인간이 아니다. 구는 나를 어떻게 생각할까. 나는 구를 먹는다. 나를 비난하고 가두고 죽여도 좋다. 그 모든 것은 내가 구를 다 먹은 후에. 이 장례를 끝낸 후에.

●

　누나 방에서 봄의 빗장을 걸어 잠그는 빗소리를 들었다.

　한여름 열대야도 누나 방에서 보냈다.

　그해의 첫 귀뚜라미 소리도 그곳에서 들었다.

　누나 방에서 오십 마리 넘는 모기를 잡았다. 달걀은 삼백 알 넘게, 소주는 이십 박스 넘게 마셨을 것이다. 주말마다 방청소를 도왔다. 형광등도 갈고 물이 새는 수도꼭지도 고쳤다. 가스레인지도 닦고 조립식 신발장도 만들었다. 노란 꽃이 피는 화분을 사서 한 달 만에 죽였다. 누나와 같이 시장에 가거나 산책을 해본 적은 없다. 누나가 사람 많은 곳에 같이 가는 것을 꺼려했다. 공장 사람들이 우리 사이를 알게 된다면 누나에게나 나에게나 분명 좋지 않은 소문이 돌 테니까.

　술을 많이 마시면 서로 귀여워지다가 한계점을 넘어서는 순간 포악해졌다. 안에 쌓인 화와 불만을 눈앞의 상대에게 모두 퍼부었다. 평소에는 서로 잘 들어주던 말도 취중에는 엇나갔다. 누나의 거부와 반대가 이 세상 전체의 그것처럼 느껴졌다. 캐치볼이 아닌 핑퐁을 하는 느낌이었다. 서로의 말을 받아치는 것에만 집중했다. 누나가 세상이나 사람들 운운하며 나를 가르치려 들면 나는 폭발하고 방을 뛰쳐나갔다. 나도 모르지 않은 말, 알지만 아는 척하기는 싫은 말, 돈이면 다 된다는 그런 뻔한 말, 뻔해서 아픈 말…… 누나 말을 듣다보면 나는 등신 병신 천치 같았다. 돈도 이기심도 꿈도 없으면서 세상이 어떻게 돌아가는지도 모르는 낙오자 같았다. 다 너 잘되라고 하는 소리야. 누나는 말했다. 하지만 내 귀에는 잘 되라는 소리가 아니라 나가 죽으라는 소리로 들렸다. 내겐 가망이 없다는 말처럼 들렸다. 걱정이 담긴 충고라고 생각할 수도 있었겠지만 그때 내겐 그런 여유가 없었다. 타인의 말을 구기거나 접지 않고, 액면 그대로 받아들일 여유. 그렇게 싸우고 욕을 하고 뛰쳐나갔다가도 다음날이면 다시 누나와 한 냄비에 각자의 숟가락을 집어넣으며 빨간 찌개를 퍼먹었다.

내게 질문을 퍼붓던 처음과 달리, 누나는 점점 자기 얘기를 많이 했다. 어쩌다 전남편과 결혼하게 되었는지. 이혼은 왜 했는지. 아들의 어떤 점이 영특하고 어떤 점이 바보 같은지. 부모님은 어떤 분인지. 누나의 유년 시절 이야기도 했다. 어린 시절 친구들. 열다섯 살 생일에 있었던 일. 고등학교 수학여행을 갔을 때. 그 시절 누나가 좋아했던 남자. 누나를 좋아했던 남자. 서툰 첫사랑과 어쭙잖은 이별. 스무 살 이야기. 대학에서 배운 술과 담배. 이야기는 종횡무진이었다. 나는 별 반응 없이 누나의 이야기를 들었다. 간혹 고개를 끄덕이거나 그래? 라고 되묻는 게 다였다. 그러면 누나는 서운해했다. 때론 이야기를 다 끝내지도 않고 입을 다물어버렸다. 그리고 내게 골을 냈다. 너는 내가 궁금하지도 않아? 내가 이런 얘기를 하는데도 아무렇지도 않아? 안타깝거나 가슴 아프거나 샘이 난다거나 그렇지도 않아? 누나가 그렇게 물으면 어떻게 반응해야 하는지 몰라서 짜증이 날 때도 있었다. 별로 궁금하지 않았다. 샘이 나지도 않았다. 하지만 정말 아무렇지도 않다고 말할 수는 없었다. 나라도 그런 말

을 들으면 서운할 테니까. 누나에게 그런 감정을 주고
싶지는 않았다.

담이 생각을 매일 했다.

나는 담에게 들을 과거가 없었다. 함께 겪었으니까.
겪을 때마다 감정을 공유했으니까. 그때 우리 열한 살
여름에 개천에서 같이 피라미 잡다가,라고 담이 얘기
를 꺼내면, 너 신발 한 짝 떠내려가서 그거 잡는다고 우
리 둘 다 죽을 뻔했을 때? 라고 다음 이야기를 이어갈
수 있었다. 설명 없이도 대화는 성큼성큼 나아갔고 감
정은 절로 드러나 꾸밀 필요 없었다. 침묵이 어색하거
나 불편하지도 않았다. 누나가 열다섯 살 생일에 남자
애랑 맥주를 마시고 놀이터에서 토하다 졸다를 반복하
다가 옆집 아줌마한테 걸려서 집에서 쫓겨날 뻔했다는
얘기를 했을 때는, 생일마다 담과 만들어 먹던 팬케이
크와 공장에서 퇴근하던 길에 담과 같이 강변에서 처음
마셔본 맥주와 미끄럼틀 밑에 우리만의 집을 지어놓고
부부 놀이를 하던 날들을 동시에 떠올렸다. 떠올릴 수
있는 기억이 있어 좋았고, 그게 참 소중했다. 그런 생각

을 하다가 눈앞의 누나를 보면, 그사이 세월이 삼십 년 쯤 흘러버린 것만 같았다. 산을 수십 개 넘고 강을 수백 개 건너도 도무지 돌아갈 수 없는 곳에 담을 두고 온 것 같았다.

○

　뜨거운 하루였다. 세상이 보온밥솥에 담긴 밥 한 그
릇 같던 날씨. 사람들은 찐득하게 엉긴 밥알처럼 서로
를 못 견뎌 했다. 무자비한 태양이 산 너머로 사라진 후
에도 열기는 쉽게 사라지지 않았다. 밤늦어 학교에서
돌아오자마자 교복도 벗지 않고 바닥에 드러누웠다. 몸
에 간신히 남아 있던 영양분이 모두 바닥난 느낌이었
다. 여름도 겨울도 잔인하다. 잔인하다는 생각이 계속
들었다. 잠들었다가 빗소리에 눈을 떴다. 깜깜한 바깥
에 폭우가 쏟아지고 있었다. 비가 내릴 낌새라곤 전혀
보이지 않았는데. 벽시계를 올려다봤다. 그 시계의 건
전지를 구가 두어 번 갈아줬었다. 이모도 나도 시계가
멈추는 걸 신경쓰지 않았다. 건전지를 갈아야지, 생각
만 하고 아직 멈추지 않은 다른 시계로 시간을 확인하
곤 했다. 집 안의 모든 시계가 멈춰버렸을 때는 그저 느
낌만으로 시간을 점쳤다. 그 시계를 구가 다시 움직이
게 했었다.

우산 두 개를 들고 바깥으로 나갔다.

거의 반년 만이었다. 반년 만에 구를 만나러 나선 길이었다.

그새 겨울이 다 지나고, 봄이 있었는지는 잘 모르겠고, 이미 여름도 절반이니까.

우산을 써도 온몸이 젖을 만큼 거센 폭우였다. 곧 감기에 걸릴 거라고 생각했다. 여름이면 자주 감기를 앓았고, 감기는 꼭 이런 폭우 뒤에 왔으니까. 구와 나는 같이 여름 감기를 앓곤 했다. 이모가 약을 주면 그 약을 나눠먹었다.

공장을 나서는 구를 보고 구야 하고 불렀지만 폭우가 내 목소리를 먹었다. 구는 우산도 없이 가방으로 머리만 간신히 가리고 있었다. 구가 공장 앞 넓은 도로를 건널 때 멀리서 달려오는 자동차 헤드라이트 불빛 때문에 나는 괜히 겁을 먹었다. 구가 길을 건너자마자 공장 건너편의 좁은 골목에서 한 여자가 뛰어나왔다.

구를 봤다.

구와 그 여자가 파라솔만큼 커다란 우산을 같이 쓰고 가는 걸 봤다. 공장에서 멀어지자 구가 그 여자의 어깨를 자기 쪽으로 끌어당기는 것을 봤다. 차도를 건너느라 두 사람이 발맞춰 종종 뛰는 것을 봤다. 구불구불한 골목을 걸을 때 물웅덩이를 밟지 않으려고 두 사람 사이가 좁아지고 넓어지는 것을 봤다. 여자의 어깨를 감싼 구의 왼쪽 팔이 한시도 떨어지지 않는 것을 봤다. 비를 덜 맞게 하려고 거의 품에 안고 가는 걸 봤다. 가로등 불빛에 두 사람의 그림자가 흐물흐물 녹아내리는 것을 봤다. 같은 집으로 들어가는 걸 봤다. 그들이 들어서고 얼마 지나지 않아 이층 방에 불이 켜졌다. 불투명한 창문은 닫혀 있었다. 그 창을 오랫동안 지켜봤다. 겨울바람에 휘말린 잔가지처럼 온몸이 떨려서 우산을 제대로 들고 있을 수가 없었다. 그 창에서 간신히 시선을 거뒀다. 전봇대 아래 비스듬히 놓여 있는 쓰레기봉투가 보였다. 쓰레기로 제 속을 탱탱하게 채운 비닐봉지는 폭우에도 쓰러지거나 떠내려가지 않고 그 자리를 당당하게 차지하고 있었다. 마음 바깥에서, 빗소리 바람 소리 자동차 소리, 온갖 소리가 하나로 합쳐져 합창곡처럼 왕왕 하나의 소리를 내고 있었다.

너와 나는 죽을 때까지 함께하겠네.

함께 있지 않더라도 함께하겠네.

그 소리는 빗속의 쓰레기봉투에서도 흘러나왔다. 봉투 앞에 무릎을 모으고 앉아 꼭 다문 입술 같은 봉투의 매듭을 풀려고 애썼다. 그 안에 구의 생활이 들어 있으리라는 확신이 들었다. 봉투를 열어 구의 생활을 꺼내고 싶었다. 구의 생활을 알고 싶었다. 알 수 없다면 갖고 싶었다. 가질 수 없다면 내 손으로 버리고 싶었다. 매듭은 풀리지 않고, 어깨와 목 사이에 기대놓은 우산은 자꾸만 아래로 미끄러졌다. 불 켜진 창에서 구가 나를 내려다보고 있을 것만 같았다. 정말 그렇다면, 나는 고개를 들어 구에게 어떤 표정을 보여주게 될까. 쓰레기봉투를 손에 들고 일어나 창을 올려다봤다. 빛나는 그 창은 여전히 불투명했다.

구야.

나에게도 겨우 들릴 목소리로 구를 불렀다.

그리고 다음 말을 잇지 못했다.

너는 왜 거기 있어.

라고 묻고 싶었다. 어떤 내용이든, 돌아올 대답이 무
서웠다. 불투명한 창 너머로 두 사람의 실루엣이 언뜻
나타났다. 귀가 먹어버린 듯 문득 사방이 고요해졌다.
눈알에 그 창을 끼운 듯 모든 것이 불투명하게 보였다.
외딴길을 헤매다 불현듯 산꼭대기에 선 것처럼 모든 정
황이 한눈에 들어왔다. 격렬하게 뛰던 심장이 제 박자
를 찾아 서서히 잠잠해졌다. 손에 들고 있던 쓰레기봉
투를 바닥에 놓았다. 그저 놓으려고 했는데, 쓰레기봉
투는 터져버렸고 내 발아래는 더러워졌다.

집에 돌아왔을 때는 다 젖어 있었다. 교복을 벗어 건
조대에 걸어두고 몸을 씻었다. 분명 감기에 걸릴 것이
었다. 두통과 몸살 때문에 절절 맬 것이었다. 다 쓴 형
광등의 필라멘트가 끊기듯, 정신이 나갈 정도로 아프고
싶었다. 구도 감기에 걸릴까? 이번 여름에도 우리는 공
평하게 앓을까? 그럴 수 있을까? 맞다, 우산. 우산을 잃
어버렸다. 구에게 주려고 품에 안고 나갔던 우산. 그걸

어디에 떨어뜨렸지. 내일 아침에도 비가 멎지 않으면 학교에 가지 말아야겠다, 감기에 걸리지 않더라도 꾀병을 부려야겠다고 생각했다. 잠든 것 같았던 이모가 바닥에서 벽으로 올라오는 그림자처럼 조용히 일어났다. 그러고는 내가 건조대 위에 아무렇게나 던져둔 교복 치마를 탈탈 털어 반듯하게 걸었다.

너 감기 걸린다.

이모가 말했다.

응.

나는 순순히 수긍했다. 비가 이렇게 오는데, 이 늦은 시간에 어딜 갔다 오느냐고 이모가 물었다.

이모는 연애 안 해?

이모가 방귀 뀌는 소리를 내며 웃었다.

이렇게 비 오는 여름밤에 이모가 남자친구를 데려오면 좋잖아. 셋이 같이 파전도 부쳐 먹고 나도 소주 좀 받아 마시고 그럼 참 좋잖아. 좋을 거잖아. 우린 언제쯤 그래? 술은 어른한테 배우는 거라는데.

야, 너 수능이 며칠이나 남았지?

이모가 물었다.

몰라. 백 일쯤 남았나. 이모가 연애하면 내가 백 일 같은 거는 정말 잘 챙겨줄게.

…….

…….

담아.

응.

내가…… 말이야.

응.

내가 아예 안 하고 사는 건 아니다.

한다고?

틈날 때마다 한다, 나도.

뻥치지 마.

이모가 웃었다. 웃다가 진지하게 덧붙였다.

술은 내가 가르쳐주마.

이모가 냉장고 옆 선반을 가리켰다. 이모가 담근 매실주가 거기 있었다.

이번 겨울에 우리 둘이 다 해치우자.

됐어. 둘이선 안 마셔. 남자 데려와.

이모를 등지고 누우며 대꾸했다. 이모는 매년 여름마

다 매실주 대여섯 병을 담그고 겨울이면 매실만 건져냈다. 유리병에 술 담근 날짜를 적어놓고 이태 전에 담근 매실주를 마시면서 일 년을 보냈다. 때로 내가 배앓이를 하면 두어 잔 내주기도 했다. 매실주를 마시고 한숨 자고 일어나면 배앓이가 잠잠해졌는데, 나는 그걸 술 때문이라 했고 이모는 매실 때문이라 했었다. 그러니 어쩌면 나는 벌써 이모에게 술을 배운 셈이었고, 꼭 배가 아니라 어디든 아프면 술 생각이 났다. 내게 술은 아플 때 마시는 것인데, 이모에겐 뭘까. 이모에게 저 매실주는 어떤 의미일까.

이모.

대답이 없었다.

나 술 마시고 싶어.

얕게 코고는 소리가 들렸다. 이모를 향해 돌아누웠다.

다들 하잖아. 그러니까 이모도 하란 말이야.

빗소리가 거셌다. 전부 멍청해. 아주 바보들이야. 혼자 중얼거렸다. 무슨 말이든 하고 싶은데 하고 싶은 말이 떠오르지 않았다. 할 말이 없었던 건지도 모른다. 말을 하고 싶은 게 아니라 울고 싶었던 건지도. 울고 싶지만 이모가 있으니까. 내가 울어서 이모가 깨는 것도 싫고, 내가 우는데도 이모가 깨지 않는 것도 싫으니까.

아직은 울 때가 아니라고 생각했다.

이 비가 그치면 다시 구를 만나러 가야겠다고. 아니, 이 비가 그치고 감기를 앓고, 이모가 주는 매실주를 마시고 감기가 다 나으면, 그러면 구를 만나러 가야겠다고 생각했다. 우는 건 그다음에. 구의 눈을 보고 손을 잡고 그 손의 악력을 느껴보고, 그다음에.

●

졸업을 며칠 앞둔 겨울에도 나는 여전히 시장과 공장과 편의점을 돌고 있었다. 방학 때는 거의 공장에서 살다시피 했다. 운전은 벌써 할 줄 알았고 곧 면허도 딸 생각이었다. 트럭 운전을 하게 되면 돈을 더 벌 수 있었다. 운전을 하게 된다면 옆에 담을 태우고 꼭 바다에 한 번 가보리라고 어릴 때부터 생각했었는데. 누나에게 담 이 얘기를 제대로 한 적 없었다. 누나는 나와 아주 친하게 지내던 여자애 정도로만 담을 알고 있었다. 그 정도로도 담을 질투했다. 하지만 느꼈겠지. 내게 아주 중요한 무언가가 있다는 것을. 돈 말고도 내 마음을 좌우하는 '어떤 것'이 분명 존재한다는 것을. 그랬을 것이다. 누나가 알고 있는 내 처지나 누나가 짐작할 수 있던 내 미래가 아니라, 누나가 모르는 '어떤 것'이 누나를 지치고 단념하게 했을 것이다.

그즈음 누나에게 공을 들이는 남자가 있다는 것을 모르지는 않았다. 한 달에 한 번씩 공장에 들러 물건을 확인하고 주문하는 남자. 그 남자가 오면 누나는 장부를 정리하고 차를 대접하고 시내의 중국요리점에 코스 요리를 예약했다. 삼십대 후반 정도로 보였다. 그 나이에 요구되는 것을 이룬 사람 같았다. 대학을 나와 취직을 하고 돈을 모아 작은 빌라를 얻고 자동차 할부를 갚고 있는 사람. 아직 하지 못한 것은 결혼뿐인 사람.

이전에도 누나에게 관심을 보이는 남자는 있었다. 그 때마다 누나는 대수롭지 않다는 투로 그들에 대해 말했었다. 누나 나이쯤 되면 계산적으로 이성을 만나게 된다고. 만나자마자 서로의 처지와 조건을 재고 따져서 견적내기 바쁘다고. 그런 만남을 반복하다보면 스스로 상품이 된 것 같고 상대 역시 상품처럼 대하게 된다고. 과정을 함께하며 서로의 됨됨이를 알아가는 걸 번거로워하고, 결과로 남은 것만 보려 한다고. 그런데 나에게는 그러지 않아도 좋다고 했다. 진짜 살아 있는 마음을 마주하고 있는 것 같다고 했다. 생생하게 숨쉬며 시시각각 변하는 생물을 대하는 것 같다고, 말라붙지 않은 심장이 느껴져서 좋다고 말하곤 했다.

그런 게 좋았는데, 그런 게 피곤해진 것일까.

그즈음 누나는 자주 짜증을 냈고 귀찮다는 말을, 내가 알아서 하겠다는 말과 니가 알아서 하라는 말을 많이 했다. 예전에는 나를 보면 안쓰럽고 신경쓰여 절로 눈물이 나면서도 그게 내 처지 때문인지 자기 인생 때문인지 헷갈렸는데, 헷갈려서 자꾸 잔소리를 하고 간섭했는데, 더는 헷갈리지 않게 된 거다.

헷갈리지 않는 이유는, 마음이 다해서.

내게 줄 마음을 다 줘버려서.

더는 내가 생생한 생물 같지 않아서.

이 겨울이 지나면 각자의 길을 가자고 누나는 말했다.

너는 아직 어리고 나는 젊으니 더 늦기 전에 그러는 게 좋을 것 같다고 했다.

그리고 덧붙였다.

너는 너의 집과 이 고장을 벗어나야 한다. 이제 학교도 끝났으니 다른 지방으로 가라. 여기서 멀고 큰 도시일수록 좋을 것이다. 부모님과 연락을 끊어라. 기술을 배우면서 돈을 모아라. 그 돈은 너만을 위해 써라. 너는 아직 어리니까 시간은 충분하다.

각자의 길을 가자는 말보다 뒤에 덧붙인 말에 나는 상처받았다. 자기 주변에서 꺼지라는 말처럼 들렸다. 함께하지도, 지켜보지도 않을 거면서, 이제 영영 남남처럼 살 거면서, 헤어지자는 마당에 날 위한답시고 그런 말을 하는 누나에게 분노했다. 누가 그걸 모르냐고, 나도 다 안다고, 근데 씨발 아는 대로 살아지지가 않는다고, 그러니까 그렇게 쉽게 말하지 말라고 바락바락 악을 쓰며 대거리했다. 나는 모든 것을 잃은 사람처럼 굴었다. 누나를 만나서 잃은 것이라면 고통스러운 기억뿐인데도 훨씬 값진 것을 빼앗긴 사람처럼 누나를 비난했다. 누나는 봉인된 내 감정의 염통을 풀어주었고, 덕분에 내 안에 얼마나 시뻘건 핏덩어리가 담겨 있는지 알게 되었다. 모르고 살았다면 훨씬 편했을까? 나를 지배하는 감정이 무엇인지 알고 그것을 표현하게 된다는 건 과연 좋은 일일까? 폭군. 억울한 아이. 겁 많은 소년. 냉혈한. 섹스광. 독 같은 불안. 불만으로 달궈진 인두. 호탕한 웃음. 사랑받고 싶은 욕구. 그 끝없는 욕구. 내 안에는 그런 것이 있었다.

아무 인사도 없이 입대했다. 부모님에게도, 담에게도, 누나에게도, 같이 일하던 사람들에게도. 내가 몸담았던 모든 곳에서 흔적도 없이 증발해버리고 싶었다. 아무도 모르는 곳에서 다른 사람이 되고 싶었다. 철저히 혼자이고 싶었다. 나를 바꾸고 싶었다. 바꿀 수 없다면 버리고 싶었다. 버리고 다시 살고 싶었다.

○

이모와 할아버지는 함께 산 세월보다 떨어져 산 세월
이 훨씬 길었다. 두 사람의 생활은 많이 달랐다. 할아버
지는 술이 밥이고 고기가 반찬이었다. 이모는 밥은 밥
이고 고기는 특별한 날에나 먹었다. 할아버지는 아침과
점심은 대충 먹고 저녁은 과하게 먹었다. 이모는 드문
드문 조금씩 먹었다. 할아버지는 여자를 좋아했고 이모
는…… 부처님을 좋아했다. 할아버지는 걱정이 많았고
이모는 느긋했다. 할아버지는 '늘 이렇다'는 말을, 이모
는 '지나간다'는 말을 자주 했다. 그 두 말은 결국 같은
말이었을까?

이모는 할아버지와 같은 병으로 죽었다.

호명되기를 기다렸다는 듯, 병명을 알게 되자마자 병
은 금세 깊어졌다. 이모는 당신의 아버지처럼 당신이
느닷없이 죽으리라는 것을 알았다. 알았지만, 죽기 전
에 내게 꼭 말해줘야 할 것은 없었다. 이모가 아는 것은
나도 알았고, 내가 모르는 것은 이모도 몰랐으니까. 자

신이 병들었음을 알고서 이모는 말의 시작과 끝마다 내게 사랑한다고 했다. 천만 번은 했을 것이다. 세상 누구도 나만큼 사랑한다는 말을 많이 들어보지는 못했을 것이다. 호흡이 잦아들기 전에는 입 모양만으로 내게 잘 지내라고 말했다. 나는 잘 가라고 말하지 못했다.

이모 몸을 태우는데, 이모의 몸이 그렇게 사라지는 게 무서웠다. 고통에 시달리다 죽은 이모의 몸을 다시 불 속에 밀어넣기 싫었다. 할 수만 있다면 평생 이모의 몸과 같이 살고 싶었다. 영혼이 없으면 어떤가. 몸이 내 옆에 있는데. 몸이 거기 있으면 분명 다 듣고 보고 생각하고 있을 것 같았다.

내가 졌어. 내가 진 거지. 내가 진 거야.

화장하는 내내 홀로 중얼거렸다. 여명에 기댄 할아버지의 굽은 등이 생각났다. 어린 날 새벽에 잠깐 깨었을 때 보았던 꿈같은 기억이었다. 그때 밖은 파랗고 할아버지의 몸은 검었다. 파랗고 검은 것은 외롭다. 외로운 색이다. 어느 새벽에, 아픈 이모가 꼭 할아버지처럼 구부정하게 앉아 있는 것을 본 적이 있다. 잠결에 그 장면

을 보고 엉엉 울었다. 이모도 가겠구나. 할아버지처럼
가겠구나. 내 안에서 그런 소리가 왕왕 울렸다. 느닷없
이 통곡하는 나를 보고도 이모는 놀라지 않았다. 그저
내 등을 가만히 쓸어주며 중얼거렸다.

　괜찮다, 아가야, 다 지나간다. 다 지나갈 거야.

　근데 그런 걸 지나간다고 말할 수 있나, 이모.
　지나가지 못하고 고이는데. 고유하게 거기 고여 있
는데.

　장례를 다 치른 뒤 나는 귀신을 겁내는 아이처럼 집
안의 불이란 불은 죄다 켜놓고 방바닥에 몸을 납작 엎
드린 채, 나를 바라보던 이모의 마지막 눈빛을 끊임없
이 떠올렸다.

　할아버지도 이모도 죽고 이제 구마저 없고, 나만 살
아 있다.
　나는 이 문장의 의미에 대해 매일 생각한다.

○

나만 살아 있다.

나만 이 몸에 갇혀 있다는 말이다.

　놈들을 피해 고향을 떠나던 날, 구와 함께 이모를 만나러 갔었다. 이모가 나의 이모가 되기 전까지 지내던 절에 이모와 할아버지의 위패를 모셨다. 둥그런 산 중턱에 사과 씨처럼 자리한, 소소하고 한적한 절이었다. 산속 찬바람을 타고 싸락눈이 흩날렸다. 구는 위패 앞에서 깊게 오래 허리를 숙였다. 늙은 보살님 한 분이 나를 알아보고 내 손을 잡아주었다. 어떻게 살고 있느냐고 물어주었고 이모처럼, 내 등을 쓸어주었다. 조금만 기다렸다가 공양하고 가라기에 그러겠다고 순하게 대답했다. 괜찮으면 방 한 칸을 내어줄 수도 있으니 하루든 이틀이든 머물러도 된다고 했다. 나는 구를 쳐다봤다. 구의 표정도 잠든 고양이처럼 순해져 있었다. 절에는 자주 들렀느냐고 구가 물었다. 나는 고개를 저었다. 이모 따라 종종 오곤 했는데, 이모가 떠난 뒤로는 다시 들르지 않았다. 혼자 올 생각을 하면 어쩐지 겁이 났다. 이모와 정말 헤어져버린 것 같아서. 그 사실을 순순히 인정하는 것 같아서. 이모가 떠난 뒤에도 나는 매일 이모를 생각하고 그리워하고, 이모에게 자주 말을 걸고 어디선가 들려올 것만 같은 이모의 대답을 가만히 기다리곤 했다. 그렇게 감정을 달랬다. 이모와 절에 들렀던 어느 날, 종무소 옆에 쌓아둔 기왓장을 보고 이모에게 물었었다.

저런 걸 부처님이 들어줄까?

기왓장에는 사람들의 소원이 적혀 있었다. 시험 합격. 사업 성공. 만수무강. 가족의 건강. 우리 사랑 변치 않게 해주세요.

부처님은 저런 소원 안 들어줄 것 같아. 그건 부처님 말씀이랑 좀 안 통해. 부처님이 들어줄 수 있는 소원은 따로 있을 거야.

나는 종알종알 말했다.

어떤 소원?

이모가 물었다.

음…… 세계 평화 같은 거.

내 대꾸에 이모는 화통하게 웃었었다. 종무소 구석에
는 여전히 기왓장이 겹겹이 쌓여 있었다. 나는 구에게
물었다. 저 기왓장에 소원을 써야 한다면 어떤 문장을
쓰겠느냐고. 곰곰 생각하던 구가 대답했다.

……이 고통에서 벗어나게 해주세요.

나는 구의 말을 마음으로 따라했다.

구는 조금 망설이다가 덧붙였다.

안 된다면 이번 생은 빨리 감기로 돌려주세요.

그럼 빨리 죽잖아.

그럼…… 그냥 무로 돌려주세요. 아무것도 아닌 상
태, 그래서 모든 것인 상태로.

싫어. 그것도 죽는 거잖아.

죽는 거 아니야. 그냥 좀 담대해지는 거야.

그때 구의 소원을 마음으로 거듭 외워본다. 고통과
생과 담대함, 그 의미가 점점 뭉개지고 흩어진다. 문짝
이 날아갈 것처럼 바람이 거세다. 거울을 본 지 오래되
었다. 내가 박살냈는데. 어느 밤인지 모르겠다. 내 얼굴
을 비추는 모든 것을 박살냈다. 구는 아마 좋아하지 않

을 것이다. 을씨년스러운 이 방을. 엉망이 되어버린 우리의 잠자리를. 내 몰골은 아마 멧돼지와 한판 붙었다가 간신히 살아남은 살쾡이 같겠지.

보기에 좋지 않지?

좋지 않은 식으로라도, 내게 신호를 보내줘.

집 안의 모든 것이 얼어붙은 것만 같다. 그래도 나는 아직 살아 있다. 끈질기게, 끈기 있게. 우주는 영하 270도. 아주 춥겠지. 당장 얼어붙겠지. 썩지도 않겠지. 그럼 예쁠 것이다. 우주를 동동 여행하는 유리 돛단배 같을 것이다. 구를 먹지 않아도 될 것이다. 먹지 않고 구와 함께 동동 유리 돛단배가 될 수 있다면. 아무것도 아니면서 모든 것인 그 고요와 암흑에 담겨서, 인간적인 것과는 아무 상관없는 아름다운 은하를 구경할 수 있을 텐데. 지금이 천만년 만만년 뒤라면, 그럼 나는 구의 몸을 업고 지구를 떠날 수 있을 텐데. 사이좋은 동동 유리 돛단배가 될 수 있을 텐데. 먹는 것보다는 그게 좋지 않을까. 문을 열고 밤하늘을 본다. 수많은 별이 빛을 품고 창백하게 얼어버린 주검 같다. 만만년 뒤 구와 나는 저기 있을까. 공기도 빛도 소리도 없는 저 머나먼 곳에.

거긴 많이 추워?

가만히 멈춰 구의 대답을 기다린다.

●

나를 찾는 전화도 편지도 없었다. 나 역시 누구에게
도 연락하지 않았다. 담에게 편지를 써볼까 고민도 했
지만, 직접 만나 얼굴을 보고 이야기하고 싶었다.

부대에서 나는 가장 어렸다. 생각해보면 학교를 제외
한 어디에서나 나는 어렸다. 공장에서도 시장에서도 편
의점에서도. 어린데도 어리다는 생각을 못하고 살았다.
어른들의 말투와 사고가 편하고 익숙했다. 학교에서 나
는 존재감이 없었다. 결석을 며칠씩 해야 내 빈자리는
티가 났다. 인마, 졸업은 해야 할 거 아니야. 공장으로
찾아온 담임이 내게 주의를 줄 때도 학생을 대하는 태
도는 아니었던 것 같다. 어른들은 나에게 언제까지 이
렇게 살 거냐고 말했었다. 언제까지 이렇게…… 열일곱
살부터 그런 말을 들었는데, 부대에서 산을 고르다가
문득, 그런 말을 듣기에는 내가 너무 어리지 않은가라
는 생각이 들었다.

규칙적인 생활. 돈이 목적이 아닌 노동. 똑같은 옷과 머리 모양. 똑같은 말투. 술도 여자도 없는 날들. 부대에서 나는 건강해졌다. 학교나 집에서 느끼지 못한 동지애도 느낄 수 있었다. 모두 같이 고생하고, 비슷한 강도의 일을 하고, 함께 먹고 잠드는 생활. 부대에서는 돈 걱정을 할 필요가 없었다. 그게 가장 좋았다. 돈 걱정이 사라지자 생각은 단순하고 담백해졌다.

첫 휴가를 나가기 전날 밤에는 잠을 거의 못 잤다. 휴가를 나가게 되면 꼭 담을 만나야겠다고 생각했는데, 막상 그날이 다가오자 마음이 복잡해졌다. 담이 나를 얼마나 미워할까 걱정되었다. 담이 그곳에 계속 있을지 확신할 수도 없었다. 만나게 되는 것도, 만나지 못하는 것도 두려웠다. 하지만 꼭 만나야 했다. 더 늦어지면 안 된다는 예감이 강렬했다.

군대는 도피처였다. 그렇다는 것을 휴가 첫날 바로 깨달았다. 집은, 부모님은, 현실은, 그대로였다. 부모님은 셋방마저 잃고 손바닥만 한 가게의 쪽방에서 생활

하고 있었다. 물건마다 더께 먼지가 쌓여 있어서 기침만 해도 온 집 안이 자욱해지는 느낌이었다. 어머니의 머리와 어깨에도 먼지가 쌓여 있는 것 같았다. 휴가 내내 아버지 얼굴을 한 번도 못 봤다. 담이 이모가 돌아가셨다고 어머니가 말했다. 병을 알고 죽기까지 반년도 채 안 걸렸다고 했다. 부대에서의 내 고민, 내 걱정, 내가 겁내었던 것, 나의 모든 예상이 하찮게 느껴졌다. 담이 혼자 이모를 잃었다. 그것도 모르고 나는 군대로 도망갔다. 도망간 곳에서 건강해진다는 기분에 취해 있었다. 쓸모없는 자신감에 들떠 있었다. 명백해졌다. 내가 담을 버렸다. 버려놓고, 보고 싶었다고, 그리웠다고, 실은 늘 네 생각뿐이었다고 무책임한 고백을 하려는 것이었다. 다시 도망가고 싶었다. 당장 부대로 돌아가서 묵묵히 땅을 파고 나무를 뽑고 흙을 고르고 싶었다. 무장하고 연병장을 돌고 또 돌고 싶었다. 의식을 잃을 때까지 달리고 기고 밟히고 싶었다.

휴가 마지막 날, 담을 먼발치에서 봤다. 아주 잠깐이었다. 야위고 작아졌는데도 어딘가 단단해진 느낌이었다. 입구도 출구도 없는, 차고 메마른 돌멩이 같았다. 다가가 말을 걸기는커녕 바라보는 것조차 힘들었다. 담과 멀리 떨어져 있는데도 아팠다. 아픈 체취가 다가왔다. 믿기지 않았다. 이모가 죽었다는 것. 담이 혼자 그 일을 치렀다는 것. 이모는 내 손에 용돈을 쥐여주던 유일한 어른이었다. 나를 진심으로 야단치고 걱정하던, 내겐 단 한 명의 어른. 노마가 그렇게 될 때에는 내가 봤다. 내 눈앞에서 벌어진 일이었다. 하지만 이모는? 여전히 저기 어디쯤에 있을 것만 같았다. 죽었다고 생각하는 대신 멀리 이민이라도 갔다고 생각하면 안 되나? 담에게 다가가지도 못하고 이모에게 작별인사도 못하고, 아무것도 해결하지 못하고 부대로 향하는 버스를 탔다. 담과 멀어진다, 이대로 영영 멀어지고 있다는 느낌에 압도당해 입소하는 놈처럼 울었다. 누나와 헤어질 때도, 정말 입소할 때도 들지 않던 비통함이었다.

○

　가족도 친구도 구도 내 곁에 없었다. 그 누구도 내 인생에 간섭하지 않았다. 시내 마트에 일자리를 구했다. 마트 제일 안쪽에 자리한 정육 코너에서 등심 안심 목살 삼겹살 앞다리 뒷다리를 썰어 파는 일이었다. 그 자리도 겨우 구했다. 시내에서 내가 할 수 있는 일은 이미 누군가가 다 꿰차고 있었다. 내 또래 아이들은 대개 대학에 가거나 일자리를 찾아 큰 도시로 나갔다. 큰 도시로 간 아이들도 매장에서 물건을 팔거나 감정을 팔거나 시중을 드는 일을 했을 것이다. 나는 묵묵히 고기를 팔았다. 어린애가 칼 관리를 아주 잘한다고 사장님이 칭찬했다. 칼이 좋았다. 칼을 들고 있으면 든든했다. 잘 간 칼을 물로 씻고 하얀 행주로 물기를 닦아서 고기를 썰 때의 그 느낌도 좋았다. 또 멘델스존이 좋았다. 마트에서는 종일 꽝꽝 거리는 음악이나 깔깔 웃는 라디오를 틀어놓았다. 하루 종일 꽝꽝과 깔깔을 듣고 있으면 신경이 예민해지고 몸이 무거워졌다. 그래서 손님이 없는 시간에는 냉동고 뒤에 있는 작은 공간에 앉아 MP3에

이어폰을 꽂고 들었다. 이모가 공장에서 일할 때 듣던 MP3였다. 이모가 떠난 후 그 MP3는 나의 보물이 되었다. 그것을 귀에 꽂고 있으면 그래도 조금 덜 외로웠다. MP3에는 음악이 한 곡도 들어 있지 않았다. 이모는 그 MP3로 라디오만 들었던 거다. 처음 MP3의 전원 버튼을 눌렀을 때 클래식이 흘러나왔다. 이모가 즐겨 듣던 주파수였다. 나는 그것을 이모의 주파수라고 생각했다. 이모가 선곡하여 들려주는 음악이라고. 거기서 처음으로 들은 곡이 멘델스존의 피아노곡이었다. 제목은 듣자마자 까먹었다. 외우기는커녕 알아듣기도 어려웠다. 그 주파수는 웃기거나 울리려고 하지 않아서 좋았다. 착한 척도 좋은 척도 하지 않아서 좋았다. 그 라디오를 아껴가며 들었다. 아끼고 아꼈다가 쉬고 싶을 때, 힘들 때, 죽고 싶을 때, 잠들기 전에 기도하듯이 들었다. 정육점에서 첫 월급을 탔을 때 시내 레코드 가게로 갔다. 멘델스존의 이름이 들어간 씨디는 많았다. 많은 그것이 다 먼지를 뒤집어쓰고 있었다. 뭐가 뭔지 알 수 없어서 CD 재킷이 가장 마음에 드는 것으로 하나 샀다. 내가 내게 준 선물이었다. 아니다. 이모가 하늘에서 준

선물이라고 하자. 칼과 숫돌도 샀다. 잠들기 전에 그것을 갈면서 현악 4중주나 교향곡을 들었다. 그렇게 하루를 마무리했다. 나는 매일 비슷한 말만 했다. 어서 오세요. 어떤 걸로 드릴까요. 이 정도면 될까요. 고맙습니다. 안녕히 가세요. 그것 말고 달리 할 말은 없었다. 똑같은 하루하루를 보내면서 나는 기다렸다. 구가 돌아오기만을. 내가 기다릴 사람은 구뿐이었다. 그편이, 있는지 없는지도 모르는 부모형제를 기다리는 것보다 훨씬 마음 편하고 기대되었다. 할아버지가 돌아가셨을 때도 이모가 떠날 때도 나타나지 않은 가족이었다. 이 세상에는 없는 게 분명했다. 있는데도 나타나지 않은 거라면, 그런 거라면 차라리 없는 게 나았다. 이모는 내 인생의 가장 큰 행운이었다. 이모를 갖는 것으로 나는 내 인생의 행운을 다 써버린 거다. 너무 강력한 행운이어서 오래 지속되지 못한 거고. 그래. 그렇다고 치자. 하지만 뭐든 쌍이 있지 않은가. 쌍 없이 존재할 수 있는 건 없다고 들었다. 우주가 그렇게 만들어졌다고 했다. 아주 거대한 별도 그렇고, 가장 작은 원자도 그렇다고. 그렇다면, 내 인생의 행운에 이모만 있을 수는 없다. 이모를 끌어

당기면서도 밀어내는 또 다른 행운이 있어야 했다. 그
건 바로 구다. 나는 그렇게 믿기로 했다. 구는 돌아온
다. 돌아올 수밖에 없다. 왜냐하면 바로 내가 여기 있으
니까. 매일 밤 칼을 갈고 이모의 주파수를 들으며 내린
결론이었다.

첫 휴가 이후에는 휴가를 받아도 집으로 가지 않았다. 동해나 서해로 갔다. 바다를 보고 여관에서 잤다. 바로 윗 선임이 내게 관심을 보였다. 나보다 세 살 많았다. 대학에서 사회학을 공부하다가 입대했다고 했다. 그에게 내 사정을 모두 말했다. 내 말을 사려 깊게 듣고서, 그는 아무 말도 하지 않았다. 그저 담배만 권했다. 이후 내가 휴가 나갈 때마다 삼만 원씩 챙겨주었다. 나가면 뭐라도 잘 먹으라고 했다. 아무 데서나 자지 말고 이불 깨끗하고 물 따뜻하게 잘 나오는 데서 자라고 했다. 내가 병장을 달고 얼마 안 되어 그가 제대했다. 나가면서도 내 손에 담배 한 보루와 오만 원을 쥐여줬다. 나는 많이 울었다. 제대하면 꼭 연락하라고 그가 당부했다. 힘들 때 같이 얘기라도 하자고 했다. 연락할 수 없을 것 같았다. 계속 신세만 질 것 같아서. 최고참으로 삼 개월 정도를 보냈다. 불편한 시간이었다. 모두들 내 말만 듣는다는 것. 책임을 진다는 것. 곧 전역이라는 것. 그 모든 게 불편했다. 생각을 정리해야 했다. 사회에 나가서 무엇을 할지. 어떻게 살지. 뾰족한 수가 떠오르지 않았다. 열심히 살아봐야지. 그래도 잘 살아봐야지. 그러다보면 무슨 수가 있겠지. 아무도 내게 해주지 않는 이야기를 스스로에게 했다.

전역 후 동네에 들어서며 소고기를 샀다. 양지와 등심을 따로 포장해달라고 했다. 부모님이 머물던 가게는 다 망가져 방치되어 있었다. 냉장고 코드는 꽂혀 있었지만 작동되지 않았다. 전기도 물도 끊겨 있었다. 양지를 주방에 던져두었다가, 쥐라도 튀어나올까 걱정되어 작동되지 않는 냉장고에 넣었다. 가게 안을 서성이며 누구에게 사정을 물어봐야 하는가 고민했다. 어떤 사정도 알고 싶지 않은 마음이 더 컸다. 등심을 들고 가게를 나섰다.

담이.

내가 이곳으로 돌아온 이유.

담이를 만나야 했다.

밤늦어 골목 끝에서부터 발소리가 들렸다. 느리고 단

단한 소리였다. 담벼락에 기대어앉아 있다가 주춤주춤 일어섰다. 담아,라고 부르고 싶은데, 입이 떨어지지 않았다. 손에 든 소고기 봉지를 돌돌 감아 옆구리까지 들어올렸다가 다시 내렸다가, 다른 손에 바꿔 쥐었다. 발소리는 멈추고 애꿎은 봉지 소리만 골목을 메웠다.

……왔어?

한참을 말없이 서로를 바라보고만 있다가, 담이 먼저 말했다.

밥은 먹었어?

어제 본 사람처럼 내게 말을 걸었다.

그건 뭐야?

내 손에서 이리저리 헤매고 있는 검은 봉지를 보며 물었다.

응, 소고기.

거의 삼 년 만에 만나, 내가 담에게 한 첫 말이었다.

그래. 들어가자. 국 끓여 먹자.

담이 문을 열며 말했다.

이거 등심인데. 꽃등심인데.

거의 삼 년 만에 만나, 내가 담에게 건넨 두 번째 말.

그래. 구워 먹자, 그럼.

　나는 제대로 움직이지도 못하고, 담이 얼굴만 멍청히 쳐다봤다. 담이 내 손을 잡았다. 손목에 걸린 비닐봉지가 멀미하듯 덜렁덜렁 흔들렸다. 잡힌 손이 아프고 부끄러웠다.

○

올 줄 알았다.

제대하면 돌아오겠거니 짐작은 했지만 구가 정말 오니까, 집 앞에서 나를 기다리고 있는 구를 보니까 속에서 단단한 주먹이 솟구치는 것만 같았다. 그걸 다시 집어삼키려니 혀뿌리와 목구멍이 얼얼하게 아팠다. 구를 기다리는 마음에는 미움도 섞여 있었다는 것을 그제야 알았다. 그리고 구는, 내가 미워하는 유일한 사람이라는 사실도. 구를 보는 순간에야 이모에게 잘 가라는 인사를 할 수 있었다.

하지만 진짜로 가지는 마, 이모.

돌아서는 이모에게 말을 걸었다.

내가 일단 잘 가라고는 하는데, 그러는데, 그래도 아주 가지는 마. 쉬엄쉬엄 가. 자주 돌아봐. 여긴 너무 흉하잖아. 이모도 잘 알잖아. 이모가 나를 먼저 잊으면 안 돼. 가는 건 이모가 먼저 했으니까 잊는 건 내가 먼저 할 거야. 그 정도는 괜찮잖아.

따뜻한 가로등 빛 언저리에서, 젊은 시절의 이모가

나를 보며 웃었다. 웃으며 입모양만으로 말했다.

잊는 건 내 몫이 아니다.

그리고 덧붙였다.

니들 걱정은 내가 한다.

그리고 구가 있었다. 이모를 등지고 선 채 나를 보고 있었다. 모든 것이 그저 꿈같았다. 구의 손에 들린 검은 봉지만이 뱅글뱅글 움직이며 그 골목에 현실감을 심어 주었다.

구와 소고기를 구워 먹으며 매실주를 마셨다. 유리병에는 이모가 아프기 전 날짜가 적혀 있었다. 구와 옛날이야기를 했다. 노마를 만나기 전, 이모가 죽기 전 이야기. 우리가 노마만큼 어렸을 때의 이야기. 그때 얘기를 하며 몇 번 웃었다. 동창들이 어떻게 지내고 있는지도 얘기했다. 누구는 대학에 갔고, 누구는 공무원 시험을 준비 중이고, 누구는 아버지 가게에서 일하고, 누구는 재수를 하고, 누구는 감쪽같이 사라졌고, 누구는 롯데리아에서 아르바이트를 하고 있다는 이야기. 구는 군대 선임 이야기를 들려주었고 나는 마트 사람들에 대해

말했다. 술이 어느 정도 들어가자 겉도는 대화가 싫어
졌다. 그래서 그 여자랑은 어떻게 된 거냐고 내가 먼저
물었다. 너는 여태 아무도 안 사귀고 있었느냐고 구가
물었다. 너는 그럼 그 여자랑 사귀었던 거냐고 내가 되
물었다. 그리고 대답할 필요 없다고, 대답하면 내가 너
죽여버릴 거라고 못 박았다. 그런 대화를 하고 있자니
웃음이 났다. 우리가, 연인 흉내를 내고 있는 것만 같았
다. 어느새 구와 나는 성인이었고, 우리 곁에는 완벽하
게 아무도 없었다.

　같이 살자.

　내가 먼저 말했다.

●

부모님은 행방불명 상태였다. 먼저 아버지가 사라지고, 그리고 서너 달 뒤 어머니도 사라졌다고 했다. 아니 어쩌면, 내가 먼저 사라진 것일 수도 있다. 순서가 뭐 중요하겠는가. 내가 성인이 되자마자 부모님이 차례로 사라졌고 부모님의 빚이 모두 내게 넘어왔다는 것이 가장 중요하지. 부모님이 원래 안고 있던 빚에다 성인이 된 나를 보증인으로 세우고 빌린 돈까지 눈덩이처럼 불어 있다는 것, 원금보다 이자가 더 크다는 것, 그게 가장 중요하지. 사채업자에게 빌린 돈이 문제였다. 부모님에게 돈을 빌려주는 곳은 그런 곳뿐이었다. 부모님은 어째서 자꾸 빚을 질까. 갚지 못할 걸 알면서도 왜 자꾸 그럴까. 그건 십대 때의 의문이었다. 갚지 못할 걸 알기에 빚을 진다는 결론을 내렸었다. 빚을 갚기 위해 빚을 지는 거라고. 빚이 내게로 넘어오자, 모르겠다, 정말 모르겠다는 생각만 들었다.

뭉뚱그려 행방불명이었다. 그러니 이미 죽었을지도

모른다고 생각했다. 죽었더라도 시체를 찾을 수는 없을 거라고. 부모님의 주검은 이미 누군가의 시체로 위장되어 보험금 사기에 쓰였거나 아니면, 죽기 전에 장기부터 팔렸을지도 모른다고. 나도 모르게 최악의 상황을 가정하게 되었다. 언제부터인지 모르겠다. 좀 더 좋아질 미래가 아닌, 가장 나빠질 경우부터 상상하는 버릇이 생긴 게. 가진 건 몸뚱이 하나 아니냐는 말을 많이 들었다. 부모님 입에서도 그 말이 나왔었고, 돈을 빌려준 자들 입에서도 나온 말이었다. 몸뚱이…… 몸은 인격이 아니었다. 사람이라는 고기, 사람이라는 물건, 사람이라는 도구. 돈이 있는 자와 없는 자의 영혼 값은 달랐다. 돈 없는 자의 영혼을 깎는 것을 사람들은 당연하다고 생각했다. 없으므로 깎이고 깎인 그것을 채우기 위해 돈에 매달리고, 매달리다보면 더욱 깎이고…… 뭔가 이상하지만, 그랬다.

놈들은 모르는 게 없었다. 내가 제대했음을, 돈이 나올 구멍은 나뿐임을 그자들은 잘 알고 있었다. 나는 그들을 만족시킬 만큼 젊었고, 젊다는 것은, 내게서 돈을 뽑아낼 수 있는 시간이 그만큼 기나길게 남았다는 뜻이었다. 처음에는 돈을 갚는다는 개념이었는데, 차차 갚는 게 아니라 갖다 바친다는, 상납한다는 개념으로 변했다. 장부에 적힌 숫자는 줄어들지 않고 늘어나기만 했다. 그들의 계산대로라면 평생 돈을 벌어 그들에게 줘야 했다. 노예가 된 것이다. 계획을 세운다는 것 자체가 불가능했다. 담은 내 곁을 떠나야 했다. 그게 옳았다.

우린 헤어질 수가 없어.

담이 말했다.

넌 정말 그걸 몰라?

그럴 거라고 어렴풋이 생각은 했지만, 담이 그것을 정답이라고, 그것은 너 혼자만의 생각이 아니라고 동그라미를 쳐주었다.

이모가 그랬어. 담아. 나는 이 나이 되어서 부모도 서방도 자식도 없는데 니가 있어서 참 다행이다.

담은 이모 얘기를 하면서도 울지 않았다. 나는 이모를 생각하며 담이 혼자 울었을 수많은 날을 생각했다.

그게 무슨 뜻인 줄 알아?

담이 내 눈을 똑바로 보며 물었다. 나는 고개를 저었다.

나도 잘 몰라. 근데 되게 고마운 말이라는 건 알아.

고마운 말.

그러니까…… 나는 부모도 형제도 없고 이제 이모도 없는데, 니가 있어서 참 다행이다.

다행이었을까.

이 병신아. 세상에 헤어질 수 없는 사이가 어디 있어. 우린 헤어져야 더 잘 살아.

이렇게 말했어야 했을까. 꺼지라고 욕하며 쫓아내야 했을까. 그렇게 하는 것이 사랑에 훨씬 가까웠을까.

할 수 있는 일은 다 했다. 이삿짐도 나르고 공사장 일도 했다. 대리기사도 하고 주차요원도 했다. 돈이 생기는 대로 이자를 갚았다. 생활은 담이 벌어오는 돈으로 했다. 죽을 때까지 이자만 갚다가 끝날 것 같았다. 법에 기대볼 생각도 해보지 않은 것은 아니다. 하지만 돈의 세계는 법대로 굴러가지 않았다. 법에 기대어 살면서도 거듭 사기를 당했던 부모님은 결국 법이 통하지 않는 영역에서 돈을 빌렸다. 고발해서 두어 놈쯤 감옥에 처 넣는다고 쳐도, 그들과 한패인 놈들이 다시 돈을 받으 러 올 것이었다. 그들과 나를 엮는 것은 문서나 약속이 아니었다. 그들만의 당위와 폭력과 협박이었다.

답이 없지? 없을 거야. 내가 답을 알려줘? 사채업자 가 말했다. 그들은 자기들 대신 돈을 받아오라고 했다. 나와 비슷한 처지의 사람을 찾아가 폭력과 협박으로 어 떻게든 돈을 뜯어오라는 거였다. 내가 그 일을 제대로 해내지 못하자 그들은 나를 나이트에 집어넣었다. 그리 고 내가 일한 대가를 대신 받아갔다. 몇 달간 웨이터로 일하다가 호스트바로 들어갔다. 여자들과 술 마시고 노 래하고 키스하고, 그들의 성기를 만지거나 그들이 내 성기를 만지도록 둘 수는 있었지만, 그들과 진짜 섹스 를 할 수는 없었다. 해보지 않은 것은 아니다. 2차에 불 려갔고 모텔에 갔다. 발기했고 섹스했다. 그러나 그녀 들은 서비스가 깃든 섹스를 원했다. 애정과 열정이 담긴 섹스. 만약 그렇게 돈을 벌어서 담에게 좋은 음식을 사줄 수 있었다면, 난방비 걱정 없는 따뜻한 집에서 살 수 있었다면, 담에게 생활비를 줄 수 있었다면, 그랬다면 나는 얼마든지 애정과 서비스를 연기했을 것이다. 열심히 최선을 다하여 상대를 만족시켰을 것이다. 하지만 내가 섹스를 하면 사채업자들이 돈을 가져갔다. 호스트바에서도 만족스러울 만큼 돈을 벌어들이지 못하자 그들은 나를 바다로 보내려고 했다. 진짜 노예로 팔아버릴 셈이었다.

　도망가자.

　담이 말했다.

　더 늦기 전에,

　내가 대답했다.

　그만둬.

　무슨 뜻이야?

　씨발 나한테서 떨어지라고.

　낮고 차가운 소리가 나를 뚫고 나왔다. 담의 눈을 피하지도 않고, 말을 흘리지도 않고, 슬프거나 괴로운 표정도 없이.

○

　전쟁 중에 태어나서 전쟁만 겪다가 죽는 사람들이 있다. 열악한 환경에서 기아와 질병으로 죽어가는 아이들이 있다. 전염병이 유행하는 곳에서 속수무책으로 죽어가는 사람들이 있고, 조상들의 전쟁에 휘말려 평생을 난민으로 살아가는 사람들도 있다. 전쟁이나 질병은 선택 문제가 아니다. 나는, 구의 생에 덕지덕지 달라붙어 구의 인간다움을 좀먹고 구의 삶을 말라비틀어지게 만드는 돈이 전쟁이나 전염병과 마찬가지라고 생각했다. 아무리 생각해봐도 다를 게 없었다. 그건 구의 잘못이 아니었다. 부모가 물려준 세계였다. 물려받은 세계에서 구는 살아남을 방도를 찾아야 했다. 우리는 무엇을 어떻게 해야 했을까?

　전쟁통에서 총을 쏘고 총을 맞는 사람들이 그 전쟁을 일으킨 걸까.

　내게 같이 간호학과에 가자고 권했던 친구를 우연히 만난 적 있다. 추석 즈음이었다. 나는 명절 선물용 등심을 보기 좋게 잘라 포장하고 있었다. 국거리를 달라는 손님이 있어서, 어서 오세요, 인사하고 보니 그 친구였다. 그 자리에 선 채 우리는 짧은 대화를 나누었다. 그녀는 원하던 대로 간호학과에 갔고 한 학기를 다니다가 휴학한 상태였다. 등록금에 생활비에 방세까지, 두 학기를 연달아 다닐 여력이 안 된다고 했다. 빨리 돈을 벌고 싶어서 간호사를 꿈꾸었는데, 그러기 위해선 일단 돈이 있어야 했다. 생각처럼 살아지지가 않네. 국거리를 받아들며 그녀가 말했다.

헤어지고 너라도 제대로 살라고 구가 말했을 때, 나는 구 없이 보내야 했던 지난날을 생각했다. 어릴 때 아이들과 싸우고 한동안 구와 함께하지 못한 시간들, 노마가 죽은 뒤 구와 멀어졌던 시간들. 그때에도 그랬지만 다시 만난 후에도, 나는 늘 구를 기다렸다. 다시 헤어진다면 평생 구를 기다리겠지. 구가 어디에서 무엇을 하는지도 모르는 채. 언제 다시 만나리라는 기약도 없이. 헤어진다면, 어쩌면 구의 말대로 좋은 사람을 만나 결혼도 하고 아이도 낳고 집도 사면서 살 수 있을지도 모른다. 그래도 나는 불행할 것이었다. 구를 잃고 얻은 삶이니까. 아주 작은 불행만 닥쳐도 구를 떠나서 벌을 받는 것이라고 생각할 테고, 조금이라도 행복할 때면 구가 생각나 그 행복을 모른 척하려고 할 것이었다. 불행해도 행복해도 구를 생각할 텐데, 그런 삶을 살고 싶지는 않았다. 구를 생각하면서 살기는 싫었다. 구와 같이 살고 싶었다. 우리는 결코 좋은 사이가 아니라고 구는 말했다. 멍청한 집착이라고 했다. 분명 더 큰 불행이 올 거라고 했다. 불행이 커지면 함께 있어도 외로울 것이고, 자기와 같이 있다는 것 자체만으로도 괴로울 것이고, 그때가 되면 아무것도 돌이킬 수 없을 거라고.

나는 내가, 너를 좋아지게 하는 사람이면 좋겠어. 근데 그게 안 되잖아. 앞으로도 쭉 안 될 것 같잖아.

구의 목소리는 냉랭했지만 구의 눈동자는 버려진 아이처럼 겁에 질려 있었다.

네가 있든 없든 나는 어차피 외롭고 불행해.

나는 고집스럽게 대꾸했다.

행복하자고 같이 있자는 게 아니야. 불행해도 괜찮으니까 같이 있자는 거지.

다시 구를 기다리며 살 자신이 없었다.

만약에 너 때문에 내가 알코올 중독자가 된다면 너는 술병을 치우는 대신 내 술잔에 술을 따라줘야 해. 우린 그렇게라도 같이 있어야 해.

이건 사랑이 아니야.

구가 말했다.

뭐든 상관없어.

나는 단호했다. 단호히 짐을 정리했다. 이모가 떠난 후에도 그 자리에 그대로 두었던 이모의 짐을, 모두 버리고 태웠다.

○

　이곳저곳을 떠돌았다. 노량진과 구로, 안양과 인천,
부산과 경산. 처음 이 년 정도는 괜찮았다. 월세로 작은
지하방을 얻어 살면서 구는 피자 배달을 하고 나는 레
스토랑에서 서빙을 했다. 아무도 우리를 잡으러 오지
않았다. 놈들에게서 자유로워진 줄 알았다. 우리가 너
무 겁을 먹고 살았나봐, 말하며 웃기도 했다. 그렇게 웃
었는데, 얼마 지나지 않아 구가 일하는 피자집으로 누
군가 찾아왔다. 같이 일하던 형이 배달나간 구에게 문
자를 보냈다. 그 문자를 받자마자 구는 오토바이를 타
고 내가 일하는 곳으로 왔다. 형에게 문자를 보내 오토
바이 둔 곳을 알려준 뒤 우리는 바로 서울을 떠났다. 그
런 일이 인천에서도, 안양에서도 있었다. 놈들은 마치
FBI처럼 우리를 찾아냈다. 한곳에서 일 년 이상 머무를
수 없었다. 무슨 일을 하든 불안했다. 우리는 차차 사람
들과 친해지기를 꺼렸다. 서로의 이름도 섣불리 부르지
않았다. 이건 우리 죄인가. 그런 생각이 들 때마다 화가
나다가 무섭고 무기력해졌다.

경산을 떠나 충청도와 강원도와 경상도를 모두 접하고 있는 작은 마을로 들어갔다. 나는 마을에서 멀리 떨어진 럭셔리 모텔에서 청소를 하고 돈을 받았다. 어린애가 왜 이런 일을 하느냐고 사장이 물었다. 등록금 때문이라고 둘러댔다. 이미 그곳에서 한 시간 거리에 떨어져 있는 대학 이름을 외워둔 터였다. 행정학과라고 대답하려고 했다. 학교를 다니면서 공무원 시험을 준비하려고 했는데 수험서는 들춰보지도 못하고 있다고 대꾸하려고 했다. 삼형제 중에 둘째고 동생도 내년이면 대학에 가야 해서 부모님한테 손 벌릴 상황이 아니라고 넉살 좋게 말하는 연습까지 해두었지만, 그런 대답이 필요한 질문은 듣지 못했다. 사장은 나를 꼬박꼬박 '학생'이라고 불렀다. '학생' 소리를 들을 때마다 진짜로 내가 지어낸 거짓말 속의 학생이 된 것 같았고, 위로 언니 아래로 남동생이 있는 삼형제 중 한 명이 된 것 같았고, 행정학과 학생이 된 것 같았다. 그 마을에는 봄 나무가 많았다. 봄이 오면 세상이 노래졌다가 하얘졌다가 분홍빛이 되었다. 그 순서로 봄이 가고 여름이 왔다. 강변에 돋아난 벚나무의 흰 꽃이 피고

지는 걸 두 번이나 봤다. 고요하고 아담한 날들이었다. 밥 먹고 잠자는 시간을 규칙적으로 갖게 된 구의 몸에는 조금씩 단단한 기운이 스며들었다. 나란히 잠들 수 있는 작은 방과 온기. 밥 먹고 잠잘 때만큼은 불안과 경계의 나사를 조금은 풀어놓아도 되는 것. 그게 참 좋았다. 잠시 머물다 떠날 수밖에 없다고 생각한 그 자리에 뿌리 가진 싹이 돋아날 수도 있겠다고 섣불리 기대했다.

모텔에서 일하지 말았어야 했다.

그곳은 대형마트만큼이나 다양한 사람들이 드나드는 곳이었다. 먼 곳에서 온 뜨내기부터 유흥업소 사람, 건달, 군인, 가정주부, 선생, 학생, 트럭 운전사, 그 지역의 경찰과 공무원까지. 나 때문에 구는 그들에게 붙잡혔고, 도망치다가 경찰서로 뛰어들어갔고, 경찰과 그들 사이에서 실랑이를 벌이다가 다시 도망쳤고, 결국 그들에게 잡혀 한동안 사라져버렸다. 구가 사라진 몇 달 동안 나는 거의 미쳐버렸다. 구가 죽었을지도 모른다는 생각이 들면 나도 죽어버리고 싶었지만, 구가 정말 죽은 거라면 구의 시체라도 찾아내야 했다. 찾아서 그를 제대로 보내야 했다. 사라진 지 185일 만에 구는 겨우 내게로 돌아왔다. 비쩍 말라 쇠약해진 구가 말했다. 더 깊은 산골로 들어가 청설모가 되자고.

○

만약 네가 먼저 죽는다면 나는 너를 먹을 거야.

청설모가 되기 위해 들어온 이곳에서, 구가 말했다.

그래야 너 없이도 죽지 않고 살 수 있을 거야.

나를 먹을 거라는 그 말이 전혀 끔찍하게 들리지 않았다.

네가 나를 죽여주면 좋겠어. 병들어 죽거나 비명횡사하는 것보다는 네 손에 죽는 게 훨씬 좋을 거야.

우리는 서로를 바라본 채 모로 누워 팔과 다리와 가슴으로 상대를 옭매었다.

○

잠이 안 와.

구의 몸을 부둥켜안으며 중얼거렸다. 내 품에 들어
온 구의 심장이 나보다 조금 늦게 뛰었다. 그게 다 느
껴졌다.

얘기해줄까?

나지막한 목소리로 구가 물었다.

응.

옛날에 소니 빈이라고 있었어.

소니 빈?

응. 사람 이름이야.

구가 이야기를 시작했다.

○

소니 빈은 바다 절벽 아래 동굴에 살면서 자기 부인
이랑 강도짓을 했어. 마을로 들어가는 길목에서 기다리
다가 사람이 나타나면 돈과 보석과 물건을 뺏은 다음에
증거를 없애려고 사람을 죽였지. 근데 죽여도 시체가
남잖아. 그걸 어떻게 처리할까 고민하다가, 먹었대.

시체를?

응. 내장은 잘라서 바다에 버리고 살은 말려서 소금
에 절여 먹었대. 뼈는 동굴 한쪽에 쌓아두고. 그렇게 강
도짓과 살인을 하고 사람을 먹으며 살았는데, 그러는
동안 열네 명의 자식이 태어났어.

와우.

그 열네 명의 아이들이 사람 고기를 먹으며 무럭무럭
자라서 다시 스물두 명의 자식을 낳았고.

그 동굴에서만?

응. 바다 절벽 동굴에서만.

자기 가족은 안 먹고?

응. 가족들은 힘을 모아 강도와 살인을 하고 서로 섹

스해서 일꾼을 늘려갔어. 시간이 지나면서 소니 빈의 가족은 마흔여덟 명으로 늘어났어. 사람이 많아지자 작업은 점점 세련되고 전문화되었대. 분업이 시작된 거지. 누구는 강도. 누구는 살인. 누구는 고기 말리는 담당. 누구는 고기 절이는 담당. 누구는 보관 담당. 누구는 내장 처리. 그렇게 작업속도가 빨라지니까 다 먹지 못하고 썩어서 버리는 사람 고기가 넘쳐났대.

대가족이 먹고도 남을 정도로 많이 죽였구나.

응. 소니 빈의 자식과 손주들은 태어나면서부터 사람 고기를 먹어서, 사람 먹는 걸 전혀 이상하게 생각하지 않았어. 우리가 일을 해서 돈을 벌고 그 돈으로 돼지고기를 사 먹는 것처럼, 그들에게 살인과 강도와 식인은 정말 자연스러웠던 거지.

죄의식 같은 것도 전혀 없고.

응. 그렇게 이십오 년을 살다가 결국 온 가족이 다 잡혀서 사형당했는데, 아무도 후회하거나 반성하지 않았대. 자기들이 왜 잡혔는지도 모르고. 무엇을 잘못했는지는 더더욱 모르고. 사람들이 자기들을 보고 왜 끔찍해하는지, 혐오하고 비난하는지도 이해하지 못하고. 사람을 죽이고 그 고기를 먹는 걸 나쁘다고 생각한 적 없으니까…… 어쩌면 자기들이 그랬던 것처럼, 우리가 저들에게 잡혔으니 이제 곧 먹히겠구나 생각했을 수도 있고.

……우리도 곧 먹히겠구나.

근데 어리기 때문에 살인과 강도를 하지 않은 애들도 있었을 거잖아. 어른들이 주는 고기를 받아먹기만 한 아이들. 그 아이들도 사형당했대.

애들은 자기들이 먹는 그게 뭔지 알았을까?

알았겠지.

알고도 이상하게 생각하진 않았겠지?

응. 다들 먹으니까.

그거 진짜 있었던 일이야?

모르겠어. 스코틀랜드 전설이래. 지금은 소니 빈 가족이 살았던 동굴이랑 그 지역을 관광상품으로 만들어놨대.

관광상품…….

근데 소니 빈 얘기가 지어낸 거라고 해도, 아무 죄의식 없이 사람을 잡아먹는 경우는 분명 있지 않았을까.

그렇겠지.

……지금도 있지 않을까.

……지금도 있지.

죄책감 없이. 당연하게. 쭉 그래왔으니까. 약한 놈만 골라잡으면서. 잡힌 놈이 등신이지, 생각하면서. 애들도 그렇게 키우고.

응. 잘 잡아먹는 게 능력이라고 가르치고.

후회한다면, 힘이 세지 않은 걸 후회하고.

죄책감을 갖는 게 오히려 비정상이고.

응.

…….

담아.

응?

우린 그렇게 키우지 말자.

뭘?

우리 애.

우리 애?

나는 웃었다. 웃으며, 우리가 무슨 애야, 하고 중얼거렸다. 구는 웃지 않고 말했다.

언젠가 저절로 생길지도 모르잖아. 언젠가, 좀 안정 되면.

애가 어떻게 저절로 생기니 바보야. 내가 성모님도 아니고.

구는 언젠가, 언젠가, 언젠가 말이야를 여러 번 강조 하더니 아빠가 되고 싶다고 했다.

내가 이렇다 할 꿈이 없었잖아. 근데 노마가.

구는 '노마'라고 말했다. 노마가 죽은 후 처음이었다.

자기는 울트라 캡숑 아빠가 되는 게 꿈이라고 했거 든. 그 말 들었을 때, 나도 나중에 그거 되고 싶다고 생 각했었어.

울트라 캡숑 아빠?

응. 그때…… 노마 꿈이 되게 탐났거든. 그걸 다 잊고 살았는데, 며칠 전에 생각났어. 노마의 꿈, 그 꿈을 멋 지다고 생각했던 거, 그때의 너, 그때의 나. 그런 게 갑 자기 다 떠올랐어. 아주 선명하게.

구는 나에게 노마의 꿈을 나눠주었다.

만약에 우리 애가 생긴다면 우린 절대 물려주지 말자.

빚?

빚이든 돈이든 뭐든 다. 우리가 살아 있을 때 다 해주고, 그러고는 아무것도 물려주지 말자.

그래. 좋아. 그러자.

나는 산뜻하게 동의했다.

○

사람이란 뭘까.

구를 먹으며 생각했다. 나는 흉악범인가. 나는 사이코인가. 나는 변태성욕자인가. 마귀인가. 야만인인가. 식인종인가. 그 어떤 범주에도 나를 완전히 집어넣을 수 없었다. 그렇다면 나는 사람인가. 아이는 물건에도 인격을 부여하지만 어른은 인간도 물건 취급한다. 아이에서 어른으로 무럭무럭 자라면서 우리는 이 세계를 유지시키고 있다. 사람은 돈으로 사고팔 수 있다. 사람은 뭐든 죽일 수 있고 먹을 수 있다. 사람은 거짓말을 하고 사기를 친다. 누군가의 인생을 망치고 작살낼 수 있다. 그리고 구원할 수도 있다. 사람은 신을 믿는다. 그리고 신을 이용한다. 사람은 수술을 하고 약을 먹어서 죽음을 미룰 수 있다. 불을 다루고 요리해서 먹는다. 불을 다루기 전에는 생고기 생풀을 그냥 먹었을 것이다. 아주 오래전 인간은 동족을 먹었을지도 모른다. 배가 고프면. 배만 부르면. 허기 때문이 아니라도 먹었을 것이다. 그의 손이 탐나서. 그의 발이 탐나서. 그의 머리, 그

의 얼굴, 그의 성기가 탐나서. 지극히 존경해도 먹었을
것이고 위대해도 먹었을 것이다. 사랑해도, 먹었을 것
이다. 그들은 미개한가. 야만적인가. 지금의 인간은 미
개하지 않은가. 돈으로 목숨을 사고팔며 계급을 짓는
지금은. 돈은 힘인가. 약육강식의 강에 해당하는가. 그
렇다면 인간이 동물보다 낫다고 할 수 있는가. 세련되
었다고 말할 수 있는가. 동물의 힘은 유전된다. 유전된
힘으로 강한 놈이 약한 놈을 잡아먹는다. 불과 도구 없
이도, 다리와 턱뼈와 이빨만으로. 인간의 돈도 유전된
다. 유전된 돈으로 돈 없는 자를 잡아먹는다. 돈이 없으
면 살 수 있는 사람도 살지 못하고, 돈이 있으면 죽어
마땅한 사람도 기세 좋게 살아간다.

노마는 왜 죽었을까.

이모는.

구는 왜 죽었나.

교통사고와 병과 돈. 그런 것이 죽음의 이유가 될 수
있나. 성숙한 사람은 죽음을 의연히 받아들이는가. 그
렇다면 나는 평생 성숙하고 싶지 않다. 나의 죽음이라
면 받아들이겠다. 하지만 사랑하는 사람의 죽음을 의연

하게 받아들일 수는 없다. 죽어보지 않아서, 죽는 게 어떤 것인지는 아직 모르겠다. 그러나 사랑하는 사람을 잃고 홀로 남겨지는 것이 어떤 것인지는 잘 안다. 지겹도록 알겠다. 차라리 내가 죽지. 내가 떠나지. 전화부스에서 서른 걸음 떨어진 으슥한 곳에서 구를 찾아냈을 때, 구의 몸은 상처와 멍으로 가득했다. 눈은 벌겋게 부어올랐고 코는 뭉개졌고 앞니가 빠져 있었다. 아픈지, 많이 아픈지, 나는 묻고 또 물었지만 구는 대답하지 않았다. 길바닥에 주저앉아 구를 끌어안고서 새벽이 오도록 구의 서른 걸음을 상상했다. 죽어가며 간신히 움직인 그 의지를, 뼈와 근육을, 구의 마음을. 어떤 상상도 견딜 수 없어 차라리 나의 뇌를 꺼내 내팽개치고 싶었다.

구는 길바닥에서 죽었다.

무엇이 구를 죽였는가.

나는 사람이길 원하는가.

●

　애무하듯 입술과 혀로 내 얼굴을 핥다가 조금씩 뜯어
먹으며 담은 울었다. 울면서 구야, 구야, 내 이름을 불
렀다. 부르며 말했다.

　너는 나를 왜 이토록 괴롭게 하니.

　너는 나를 왜 이토록 고통스럽게 해.

　내가 살아 있을 때, 담은 내게 너 때문에 괴롭다고 말
한 적 없었다.

　판도라가 항아리를 열었을 때 그 안에서 온갖 나쁜
것들이 빠져나왔대. 근데 거기 희망은 왜 있었을까. 희
망은 왜 나쁜 것을 모아두는 그 항아리 안에 있었을까.
이 얘기를 담에게 꼭 해주고 싶었는데 해주지도 못하고
나는 죽었다. 희망은 해롭다. 그것은 미래니까. 잡을 수
없으니까. 기대와 실망을 동시에 끌어들이니까. 욕심을
만드니까. 신기루 같은 거니까. 이 말을 왜 해주고 싶었
냐면, 나는 아무 희망 없이 살면서도 끝까지, 죽는 순간
에도 어떻게든 살고 싶었는데, 그건 바로 담이 너 때문

에. 희망 없는 세상에선 살 수 있었지만 너 없는 세상에선 살고 싶지가 않아서. 죽음은 너 없는 세상이고 그래서 나는 정말 죽고 싶지 않았어.

그날 나는 마을 외곽을 감싸고 흐르는 하천에 첫 교각을 올리고 있었다. 이 다리 짓기 전에 있던 다리를 봤느냐고 장 씨 아저씨가 물었고 나는 고개를 끄덕였다. 마을 사람들이 그 다리를 오십 년 가까이 썼다고 아저씨가 말했다. 우리 어머니가 그 다리를 건너 시집왔고 내 딸이 그 다리를 건너 서울에 있는 대학교에 갔다고. 아저씨의 오십 년을 상상하다가 가교를 건너는 봉고차를 봤다. 그 차에서 놈들이 내렸다. 나는 봉고차에 실려 어딘지 모를 곳으로 옮겨졌다. 옮겨진 그곳에서 맞고 또 맞았다. 놈들은 폭력으로 나의 이성을 제거하려 했다. 내 몸에 공포와 무기력만 남기려고 했다. 시키는 대로 움직이는 몸뚱어리로 만들려고 했다. 생각도 감각도 연해지고 내가 누구인지 무엇인지, 대체 왜 맞고 있는지에 대한 답조차 덧없어질 무렵, 꿈인지 현실인지 알수 없는 상태에서 열다섯 살 무렵의 담을 봤다. 하얀 블라우스와 체크무늬 치마를 입은, 아이도 어른도 아닌 담이 길모퉁이에 서서 앞니로 손거스러미를 야금야금 물어뜯고 있었다. 추운지 제자리에서 종종 뛰고 손바닥으로 얼굴을 비벼댔다. 언제 어디서나 담은 늘 그렇게, 나를 기다렸다. 팔려가든 죽든 어떻게 되든, 담을 기억하는 나를 잃기 전에 담을 보고 싶었다. 문이 열린 틈을 타 나는 뛰었고 많은 계단을 내려오다 잡혔고 사정없이 맞다가 계단에서 굴렀는데, 계단 끝엔 번화가가 있었다. 눈부신 네온사인이 있었다. 하늘땅 구분 없이 무질서하게 널린 사람과 건물과 자동차들. 길바닥에 너부러져서도 놈들에게 끌려가지 않으려고 안간힘을 썼다. 맞고 밟히는데 더는 아프지도, 공포심도 들지 않았다. 놈들을 피해 달리다가 달려오는 차에 부딪혔다. 그러고도 나는 뛰었다. 뛰듯 걸었는지도, 어쩌면 바닥을 기었는지도 모른다. 토사물처럼 뭉개지면서도 필사적으로 도망치는 내게 놈들 중 하나가 소리쳤다. 튀어봤자 너 하나 다시 잡아오는 건 일도 아니라고. 그럴 것이었다. 그렇다고 포기할 수는 없었다. 담에게 가야 했다. 가야 하는데, 감각은 무뎌져 들리는 건 거친 내 숨

소리, 보이는 건 뿌연 빛과 어둠뿐이었다. 내가 걷는지 땅이 움직이는지 구분할 수 없었다. 어두운 길을 헤매다가 공원으로 들어갔다. 공중전화부스를 찾아 수화기를 들었다. 담아. 여기 커다란 나무가 많아. 아주 오래 산 나무가 많아. 담아. 많이 기다렸지. 내가 꼭 가려고 했어. 그런데.

그때 나는 씨발이라고 했다.

우는 너를 보고 나는 화가 났다. 그때는 네 옆에 잠시라도 있으려면 널 괴롭혀야 했다. 너와 눈을 맞추려면, 내가 여기 있다는 것을 네게 알리려면, 너에게 나란 존재를 새겨넣으려면. 다정하게 말을 걸 수도 있었지만, 혹시라도 너의 무표정을 보게 될까봐 겁이 났다. '안녕'하고 말했는데 '안녕'으로만 끝날까봐. 아니, 그 인사조차 돌려받지 못할까봐. 누구에게나 보여주는 겉치레 인사 말고, 너의 고유한 표정과 감정을 갖고 싶었다. 네머리채를 잡아당기면 분명 네가 화를 낼 거라고 생각했다. 화를 내면서 하지 말라고, 아프다고 말할 줄 알았다. 그러면 나는 깐죽거리고 싶었다. 왜? 왜 하면 안 되는데? 시비 걸듯 놀리면서 우리만의 특별한 시간을 고무줄처럼 쭉쭉 늘이고 싶었다. 그런데 너는 화를 내지 않고 조용히 울었지. 내가 어쩌지도 못하게. 다정한 말을 건네는 게 겁이 나서 신발이나 내던지는 내 앞에서. 정작 화를 내야 할 사람은 너였는데, 내가 화를 내고 말았다. 나에게 화가 났어. 내 설레고 두근거리는 마음이 널 괴롭게 하는 것 같아서. 그렇지. 내 마음이 널 괴롭게 했다. 처음뿐 아니라 우리 함께한 지난날 모두, 지금 이 순간에도 내 마음이 널 괴롭혔고, 괴롭히고 있다. 사랑이란 원래 그런 것일까. 다른 이들도 그러할까. 죽어서도 모르는 게 너무 많다.

담아.

이 멍청아.

이젠 됐어. 넌 다 했어. 이 장례를 끝내야지. 끝내고 살아야지. 아주 오래 살아야지.

너도 여기 있고 나도 여기 있다. 네가 여기 있어야 나도 여기 있어.

밖을 봐. 네가 밖을 봐야 나도 밖을 본다.

네가 살아야 나도 살아.

담아.

이 바보야.

●

살아 있을 때는, 죽으면 죽은 사람들끼리 다시 만나게 될 거라고 믿었다. 사람들이 말하는 천국이나 극락 같은 곳이 아니더라도, 곡물을 체에 거르면 크고 무거운 것은 남고 작고 가벼운 것은 걸러지듯, 몸을 버리고 가벼워진 혼끼리 따로 모이는 우주가 있을 거라고. 이미 한 번 살아보고 죽은 자들이니, 그 우주에서는 몸에 매여 살던 이승에서처럼 각박하게 지내기보다는 유유자적 너그럽게 지낼 수 있지 않을까. 고독이나 슬픔 같은 감정이야 죽었다고 사라지진 않을 테지만, 물질에 가까운 욕심이나 이기심에서는 자유로워지지 않을까. 허기도 병도 몸도 없고, 돈으로 살 수 있는 것도 가질 수 있는 것도 없으니 그럴 수 있지 않을까. 그렇게 생각해야 죽음이 좀 덜 무섭고, 또 그렇게 생각해야 사랑하는 사람과의 이별을 감당할 수 있을 것 같았다. 죽더라도, 기다리면 만날 수 있으니까. 먼저 간 그곳에서 조용히 편안히 보채지 않고 기다리기만 하면 될 테니까. 시간은 상대적이라던데, 이승의 백 년이 저승에서는 열흘

정도면 좋겠다고 생각했다. 가서 열흘만 기다리면 너를

다시 만날 수 있으리라는 믿음.

●

하지만 아무리 둘러봐도 노마도 이모도 보이지 않고,
여기 네가 있다.

나는 너와 있는데, 너는 나를 느끼지 못한다. 그러니
네가 여기 없거나 내가 여기 없거나 둘 중 하나 아닐까
싶다가도, 고통스럽게 나를 뜯어먹는 너를 바라보고 있
자니 있고 없음이 뭐 그리 중요한가, 그런 생각이 들었
다. 있든 없든 그건 어디까지나 감각의 영역일 텐데, 나
는 죽은 자다. 죽어 몸을 두고 온 자에게 감각이라니 무
슨 개소리인가. 하지만 느껴진다. 나는 분명 너를 느끼
고 있다.

이모는 이모에게 가장 간절한 누군가의 곁에 있는지
도 모른다.

노마는 노마에게 가장 중요한 누군가의 곁에.

지금 내가 네 곁에 있듯.

그럴 거란 생각이 든다.

이제는 그런 믿음이 필요하다.

●

　네가 지금 죽더라도 우리 영혼이 다시 만나게 되리라
는 보장은 없다.

　나는 아직 노마도 이모도 만나지 못했으니까.

　우리가 몸을 가진 존재로 다시 태어나 만날 수 있을
까. 알 수 없다. 알 수 없는 일이다. 나는 태어났고 죽었
지만 아직은, 다시 태어나지 못했으니. 다시 태어나 다
른 존재로 만난 너를 내가 사랑하게 될까. 다른 존재인
나를 네가 사랑해줄까. 그 역시 알 수 없다. 나는 내가
사랑하는 너 아닌 그 어떤 너도 상상할 수 없고, 사랑
할 자신도 없다. 이승에서 너를 사랑했던 기억, 그 기억
을 잃고 싶지 않다. 그러니 이제 내가 바라는 것은, 네
가 나를 기억하며 오래도록 살아주기를. 그렇게 오래오
래 너를 지켜볼 수 있기를. 살고 살다 늙어버린 몸을 더
는 견디지 못해 결국 너마저 죽는 날, 그렇게 되는 날,
그제야 우리 같이 기대해보자. 너와 내가 혼으로든 다
른 몸으로든 다시 만나길. 네가 바라고 내가 바라듯, 네
가 아주 오랫동안 살아남은 후에, 그때에야 우리 같이.

●

언젠가 네가 죽는다면, 그때가 천 년 후라면 좋겠다.

천 년토록 살아남아 그 시간만큼 너를 느낄 수 있다면 좋겠다.

나는 이미 죽었으니까.

천만년 만만년도 죽지 않고 기다릴 수 있으니까.

이전까지는 작가의 말에 꼭 담고 싶은 문장이 있었는데 이번 소설에는 그런 문장이 없다. 속에 있던—마치 자르지 않은 호밀 빵처럼 커다란—덩어리를 부스러기 하나 남기지 않고 해치운 기분이다. 소설에 관해서라면 아무 생각도, 감정도 들지 않는다. 텅 비어버렸다.

지난 1월, 한 달 내내 바깥으로 거의 나가지 않고 방 구석 일인용 의자에 앉아 구와 담의 이야기만 썼다. 그래서인지 나의 새해는 아직 오지 않은 것 같고, 어쩌면 영영 오지 않을 것 같고, 지난겨울은 전혀 없었던 것 같고, 눈 떠보니 모든 게 꿈이잖아…… 그런 느낌이다. 내가 쓴 글인데도 내가 쓴 글 같지 않다. 그런 묘한 기분에 휩싸여 재교를 봤다.

글을 쓰다가 지치거나 불행해지면 벗어놓은 옷처럼 축 늘어져서 '9와 숫자들'의 〈창세기〉란 곡을 들었다. 삼 분이 조금 넘는 곡인데, 한 번만 들어야지 하다가도 반복재생을 걸어놓고 한 시간 넘게 듣곤 했다. 그 노래를 들을 때만큼은 아무 생각도 하지 않으려고 애썼다. 쓸쓸하고도 귀한 시간이었다. 지나고 나니 글을 쓸 때의 감각보다 그 곡을 듣던 때의 감각이 더 생생하게 남아버렸다.

지난날, 애인과 같이 있을 때면 그의 살을 손가락으로 뚝뚝 뜯어 오물오물 씹어 먹는 상상을 하다 혼자 좋아 웃곤 했다. 상상 속 애인의 살은 찹쌀떡처럼 쫄깃하고 달았다. 그런 상상을 가능케 하는 사랑. 그런 사랑을 가능케 하는 상상. 글을 쓰면서 그 시절을 종종 돌아봤다.

그리고 또 많은 날 나는 사랑하면서도 '사랑하고 싶다'는 생각을 했다. 글을 쓰는 순간에도 '글을 쓰고 싶다' 생각하고, 분명 살아 있으면서 '살고 싶다'는 생각에 빠져버린다. 그러니 나는 대체 무엇을 하고 있는 것일까. 알 수 없지만, 사랑하고 쓴다는 것은 지금 내게 '가장 좋은 것'이다. 살다보면 그보다 좋은 것을 알게 될지도 모르지만, 더 좋은 것 따위, 되도록 오랫동안 모른 채 살고 싶다.

2015년 3월, 일인용 의자에 앉아

최진영

구의 증명

1판 1쇄 발행 2015년 3월 30일
1판 42쇄 발행 2023년 4월 7일
개정 1판 1쇄 발행 2023년 4월 26일
개정 1판 36쇄 발행 2024년 11월 16일

지은이 · 최진영
펴낸이 · 주연선

(주)은행나무
04035 서울특별시 마포구 양화로11길 54
전화 · 02)3143-0651~3 | 팩스 · 02)3143-0654
신고번호 · 제 1997―000168호(1997. 12. 12)
www.ehbook.co.kr
ehbook@ehbook.co.kr

ISBN 979-11-6737-286-4 (03810)

• 이 책의 판권은 지은이와 은행나무에 있습니다. 이 책 내용의 일부
또는 전부를 재사용하려면 반드시 양측의 서면 동의를 받아야 합니다.

• 잘못된 책은 구입처에서 바꿔드립니다.